成すも成さぬもないのだが

これまでもこれからも

鷲崎 健

成すも成さぬもないのだが　これまでもこれからも

目次

カバー・本文イラスト　稲葉朋子
装丁　冨永浩一（ROBOT）

肩書きのないラジオパーソナリティ

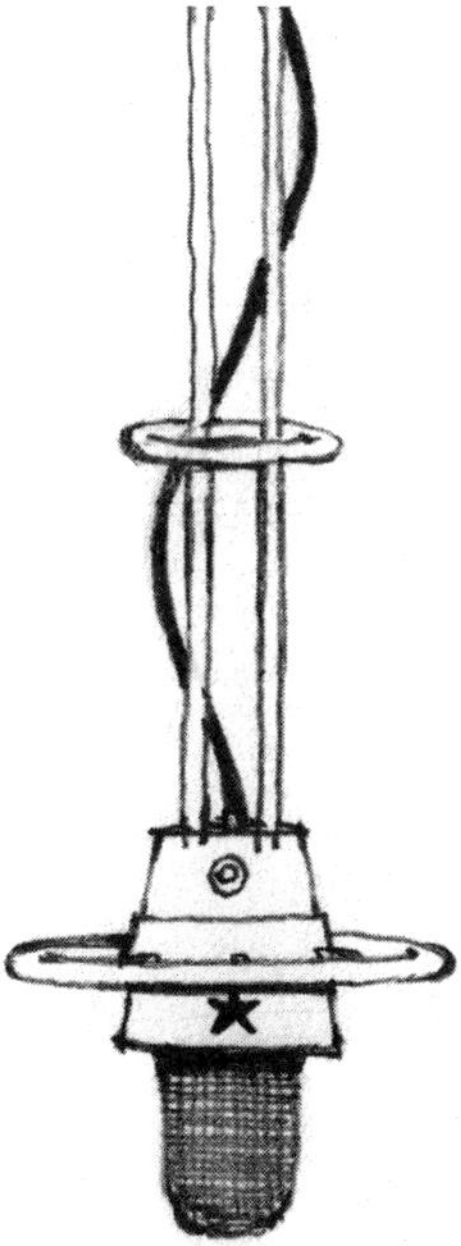

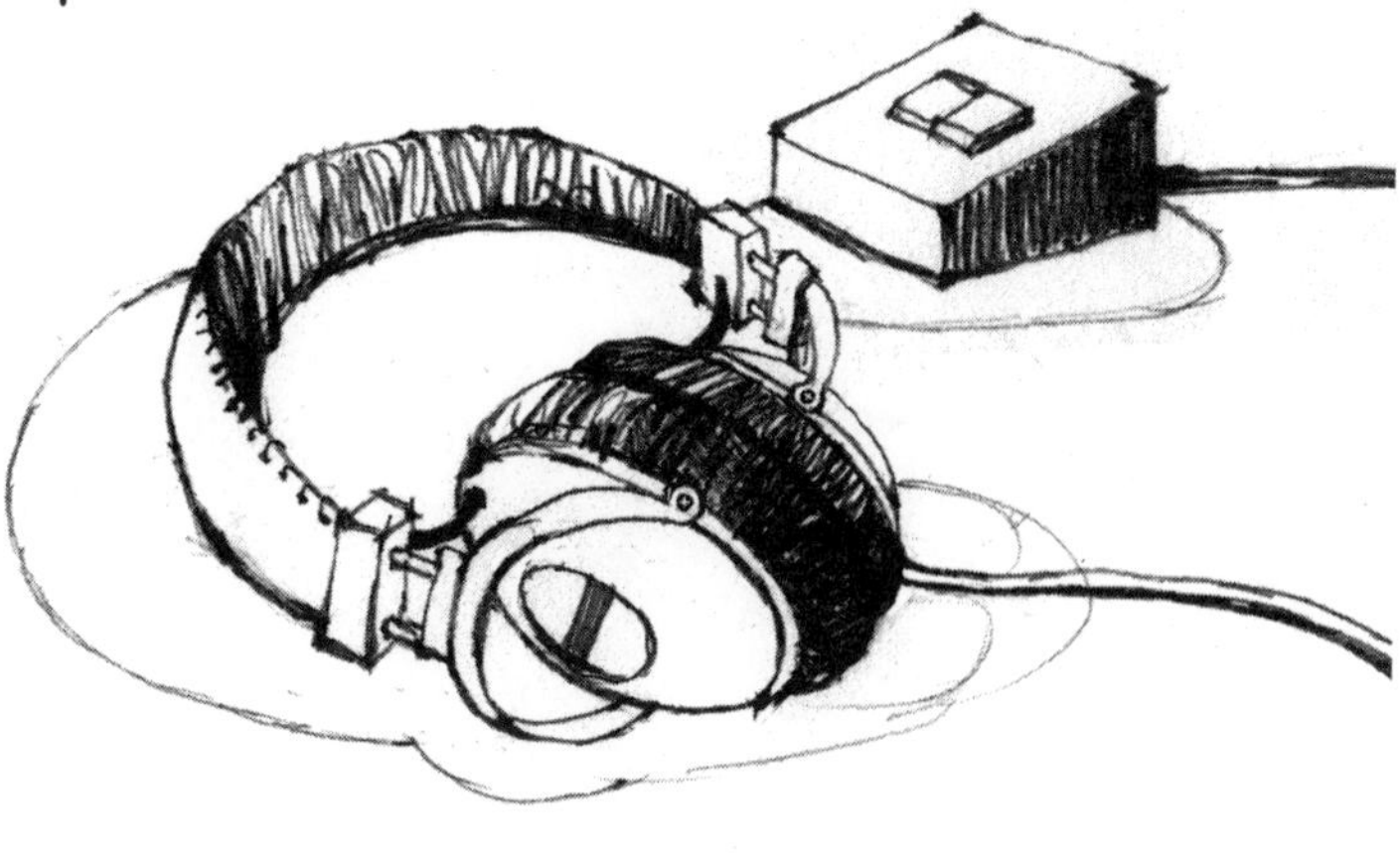

職業「その他」

肩書き

「声優やアニメクリエイター、アニソンアーティストなどの方々をお呼びしてお話を伺ったりするラジオ、通称アニラジと呼ばれる業界で日々喋ったり笑ったりする仕事をしております」

と、こう自己紹介してなるほどとすんなり頷かれることはまず無い。たいていの場合、じゃあアナウンサーさんなんですか？　アニメ関連のライターさんなんですか？　と聞かれいやいやともう一度同じ説明をするはめになる。すると怪訝そうな顔でなるほど仕事の内容はわかった。で、お前の職業はなんなのだと問われてしまう。

だ・か・ら！

ラジオで喋るのが仕事なんだよ！　と語気荒くなりそうになる所をぐっとこらえる。今問われているのは職業名であって仕事内容ではない。「犬の毛を刈ったりブローしたりしてるんです」「ほう。で、お仕事は？」「トリマーです」であったり「産まれたばかりのひよこのオスとメスを鑑定しています」「で、お仕事は？」「初生雛鑑別師です」であったりするように質問者はこちらに「何に属する者なのか」を聞いているのだから。

ラジオ・パーソナリティという言葉があるではないか、とお思いの諸兄もいるだろう。なるほど。しかし実は今現在ラジオで喋っている方のほとんどがそれ以外の肩書きをもってらっしゃる。試しにwikiで日本のラジオパーソナリティ一覧をひいて見ると、大抵がアナウンサー、歌手、俳優、評論家などである。

つまりラジオで喋ることのみを本職とする人間は日本中にほとんどいないということだ。もちろん収入のほとんどがラジオである、という人はいるだろうがその人には（多分）何か別の肩書きが存在する。

例えば怪我した膝のかさぶたを集めるのが趣味だ、という人がいたとする。しかしその趣味が一般化され同好の士を見つけかさぶた愛好会やかさぶた部を作らない限り彼はどこにも所属しない一介の膝かさぶた蒐集家でしかないだろう。

例えることによってより主旨が分かり辛くなってしまったが、職業ラジオパーソナリティと言うのはやはり自分が何者か、という問いに何も答えてないのと同じだ。名刺にラジオパーソナリティと書いてる人と何回もお会いしたが、その横には必ず歌手・俳優・評論家など別の肩書きがあった。つまり、ラジオパーソナリティとは普通、本職にプラスされる「その他」の部分なのだ。

職業「その他」の人間です、と言われたらそりゃ面食らいますわね。

まあ確かにいくら斜陽産業だと言われようとラジオというマスのメディアは誰でも彼でもが簡単に喋れるものでは無い。あのタレント、あのアイドル、あの芸能人に喋ってもらおうと局側が依頼をするものであって、あの知らないなんでもない人に喋ってもらおう、とは普通ならない。だから肩書きがあるのが至極当然なのである。

しかし。何事においても例外というのは存在するもので、自分の場合そのきっかけは「予算」だった。

もう随分古い話であるが、文化放送という放送局にＢＳＱＲという超短波放送チャンネルがあった。二十歳のときに「三十歳までフラフラしよう」と決めてコンビニなどでバイトしながらボケッと生きていた自分の所に放送作家の友人から電話があり、ＢＳＱＲの番組でギターを弾いてくれという。

まあ趣味程度にギターは弾いていたが、そんなに難しいことは出来ないよと説明したら「全然だいじょうぶ」とのこと。曰くクオリティーは求めてない、と。

じゃ小遣いくれんなら、くらいの軽いノリで現場へ行った所、声優の小野坂昌也さんが鼻歌で作った曲があるからギターで伴奏してくれ、という。メロディに対するコード進行というのはそれこそ無限に存在するのだが「適当でいいから」と言われたので極めて適当に弾いたところ、その対応と納品の軽さが認められたのかその後も何度も呼んで頂けることとなった。

そんなある日文化放送の偉い人から「浅野真澄って声優の番組が始まるんだけどね」「一人じゃ心もとないけどもう一人雇う予算ないからキミ喋らない？」という主旨の電話がかかってきたのだ。

「今レジが忙しいから後にして下さい」とその場はイラっとしながら（夜十一時くらいのコンビニのレジがどれだけ混んでいるか分からないなんて想像力の欠如だよ！　と）通話を切ったが、今思うとあの日あの瞬間に人生という列車は急カーブを切るのである。

その時始まった番組がＢＳＱＲというチャンネル自体が無くなったあとも形を変え名前を変えてＡＭ文化放送で今も続いている「アニスパ（※）」というコンテンツであることを考えるとギター伴奏に対するこだわりがなくて良かった、と心から思う。

思えばＢＳＱＲというチャンネルは予算は無いがその分部活的な活気というか小規模だからこそのエネルギーに溢れていた。予算が潤沢であればそもそも自分が呼ばれるこ

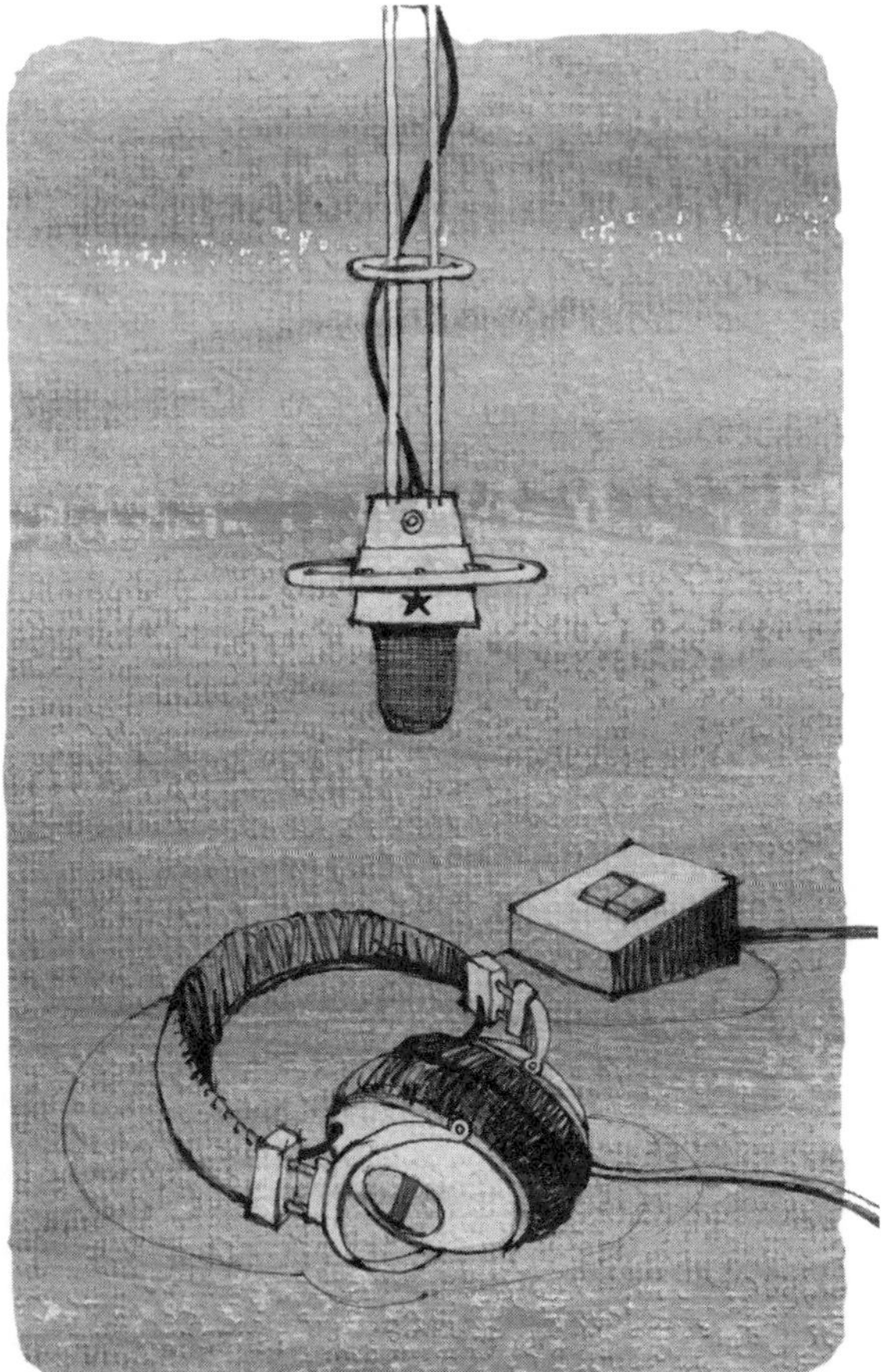

ともなかった訳でそういった意味では予算不足が今の鷲崎を作ったとも言えるだろう。

説明が長くなったが、つまりこういった経緯で肩書きを持たないラジオパーソナリティという他に類を見ない存在になったのだ。我ながら不思議でもあるし幸運でもあると思う。相棒浅野真澄からも、「人生何があるか分からない」ということの喩えとして自分の名が使われている。大変光栄である。

※2004年4月から2015年3月に至るまで、文化放送の土曜夜9時から2時間枠で放送していたアニメ・ゲーム（A&G）に関する情報番組。パーソナリティは鷲崎健と声優の浅野真澄。若者を中心に絶大な人気を誇り、同局のA&Gゾーンの看板番組の一つであった。

ラジオ体験

リスナーとの共犯意識

アニラジという世界に潜り込んで約十年。十年一日、十年一昔、十年早いよ！　などと言った慣用句が示すように時代や年月の大きい区切りとして使われる程の年月である。何よりも漱石が職業作家になってから死ぬまでの時間とほぼ同じであることを考えると、決して短い時間ではない。

いい加減な気持ちで始まったラジオ人生であるが、それなりに愛情やこだわりなんかが産まれるのに充分な時間でもある。

その具体的な内容をここに記すのは美徳としないが、一つだけ自分の中での決まり事を発表するならば、それは「共犯意識」ということだ。

アニラジ、という少々特殊な業界をうろうろしてはいるが、アニメもラジオも大して詳しかった訳では無い。と言うかどちらかと言うと全く無知なジャンルだったと言った方が正しい。

アニメは恐らく中学校に入学する頃には卒業し、たまに見るとしても「ルパン三世」や「キャッツ・アイ」の再放送。高校に入る頃にはレコードやギターに夢中になり、激動の90年代に向かってアニメの技術やテーマがどんどん先鋭化していく言ってみれば一番面白い時代に思春期特有のＴＶ離れをしていたのだ。今思えば実に勿体ない。

ラジオはどれくらい聴いていただろうか。他人とその量を比べるのは難しいが、関西出身ということもありいわゆるＡＮＮ文化圏にいなかったのは確かである（註：ＡＮＮはオールナイトニッポンの略）。当時の関西深夜ラジオと言えば吉本をはじめとするお笑い芸人さんが喋るものと相場が決まっていて、「テレビで有名なあの人が喋ってるラジオ」が主流だった。なので文化人やインディーズのミュージシャンなどメディアでのアピール量が少ないいわゆる〝無名〟の人たちのトークを聴いて「俺だけのヒーロー見っけ！」と興奮する深夜ラジオ特有の醍醐味は関東圏よりは薄かったんじゃないかと思う。

恐らく自分を含む同級生も明石家さんま、ダウンタウンなど既にスーパースターが喋っていたヤングタウンなんかは聴いていたけれど深夜零時以降のラジオに触れることは少なかった気がする。

その代わり、と言うのも変だが、うちは朝はラジオが時計代わりだった。目覚めるとおはようMBS川村龍一ですが流れている。朝飯を食って学校へ行く支度なんかをしてる間に八時の時報がなり「一番に　入れるスイッチなんでしょう　来る日も来る日も毎日放送　1179～」とお決まりの文句から浜村淳さんが花と緑の愛の千里丘スタジオから(オープニングでいつもこう言っていた)軽快なトークを飛ばし始める。ワントーク十五分ほどしたらそろそろ登校しなければの時間だ。

浜村さんの朝番にしてはちょっと早すぎるんじゃないか、と思うくらいスピーディなトーク。だいたい最初の一時間くらいはコーナーも入らずほとんどずっとその日のニュースについて喋っているので、うっかり聴き入っている間にもう九時近くになっており面倒臭くなってそのまま自主的な休校デイにしてしまうことも少なくなかった。共働きで両親の方が先に家を出て行くことが多かったため、ハッキリ言ってズル休みはとてもしやすかったのである。
一部マニアの間では有名なあのネタバレ全開の映画紹介コーナーがあり、気づくともう十一時過ぎ。同級生たちは今頃何をしているだろうと思いを馳せながら（もちろん授業を受けているに決まっているのだが）友達の誰もこの番組を聴いてない、自分だけがこの放送を聴いているという背徳感に恍惚となったものだ。

あの頃の僕は、少年たちが普通深夜番組を聴くことで得られるインモラルを午前中のラジオで味わっていた。
だから今、自分のラジオでは学校を休んだり会社を休んだり友達関係を休んだり家族関係を休んだりしてる人たちに向けて喋っているつもりだ。悩みを聞き道を説くようないわゆる兄貴ラジオは出来ないが、何かから逃避してる人間がうっかりと聴いて楽しんでくれれば良い。リスナーと共犯関係が結べれば良いと思っている。逃避の旅のお伴として。

ＲＣサクセションに「共犯者」という曲がある。

わけもわからずに　追いかけまわされて
逃げまわらなきゃならない時
かくまってくれるかい？

という歌詞は僕にはそんなラジオのことを歌っているようにも聞こえる。

深夜ラジオ

ＲＣサクセション、忌野清志郎のラジオも中学生の頃聴いていた。MOJO CLUBの三宅伸治と声優の柿沼紫乃（古川登志夫さんの奥さま）と三人のラジオで、基本台本をたどたどしくガン読み、たまにポロッと思ったことを言うというスタイルで今思い出すと随分アバンギャルドな番組だった。

ジョン・リー・フッカーやドン・コヴェイ、ファッツ・ドミノといったミュージシャンはこの番組で知ったしそれこそMOJO CLUBがまだメジャーデビュー前で地元のライブハウス（神戸チキンジョージ！）に来た時なんか必ず見に行っていたし、高校生の時に実兄とその友達と組んだ人生初バンド「ワシザキーズ」もMOJO CLUBのカバーバンドだったしでこの番組の影響で知ったりやったりしたことは数知れない。

ちょうどオンタイムでアルバム「COVERS」発売中止騒動があり、FM大阪サイドが許可したナンバーをネット局であるFM東京サイドが楽曲差し替えしてオンエア。でヒットスタジオR&Nでタイマーズが大暴れするという流れを（おじいさんの思い出話でごめんなさいね。タイマーズのwikiとか見て下さい）すげーすげー言いながら追いかけていた。なんか凄いことが起こってる！　でもこの番組聴いてないやつには分かんないだろ！　と選民意識を大いに刺激されたものだ。

しかしFM大阪金曜日深夜一時からというオンエア時間のため、眠らずに番組開始時に辿り着くのは至難の業だった。

深夜一時なんてまだ夜更かしとしても序の口じゃないか、と思う方もいるだろう。が、賢明なラジオ好きはもうお気づきかもしれないがFM深夜一時と言うことは、その前にジェットストリームという大敵と闘わなければいけないのだ。

Mr.ロンリーの前奏が始まり城達也のナレーションが始まる。ストリングスが高まる頃にはもうダメだ。誘眠の暴力にまぶたは重くなりα波はθ波の勢力になす術も無く、いつの間にか力つき夢の向こう側へ追いやられる。だいたいがまずイージーリスニング、というのが反則だ。寝かしつけようとしてるとしか思えない。

一時前まで起きていて番組が始まる時間にラジオをつければ？　という意見を言うやつとは友達になれない。決して裕福ではなかった我が家には子供部屋というものが存在しなかったため親の寝る時間は子供も寝る時間だったのだ。テレビや本で時間をつぶしながら、なんてのは金持ちのすることなのである。真っ暗な中イヤホンをつけながら静かに睡魔と闘っていた中学生の、その闘いの歴史をあっさりと否定しないで欲しい。

YouTubeもサイマル放送も無ければ、タイマー録音の何たるかも知らない80年代のありふれた一コマである。

そういった生活環境だったため深夜ラジオを聴きながら受験勉強をする、というのもなかば形骸化したイメージ上の受験生の姿だと思っていた。漫画のなかの話でしょ？

と。僕の立場でこの発言をしていいのか微妙だが、うーん、だって気が散るでしょう。

しかし当たり前だが受験生はラジオを聴いてくれている。自分の番組にもそういうメールが来たりして今も昔も変わらない風景を自分がただ経験していないだけなのだと知った。

番組を録音したテープ

昔はよくテープに録音して聴いていた。一度録った番組を一週間のあいだにそれこそ何回も聴き、次の週にはその上に重ねて新しい番組を録音する。お金がないため一本のテープに重ね録りを繰り返し、音の劣化なんかは気にしたことが無かった。これに関しては今もそれほど気にしない。音質と言うのはまあ良いに越したことは無いが、と思う程度である。

件の清志郎の番組も、そういった理由で今も最終回だけ残っている。もう二十五年も前のＡＸＩＡのテープである。

まだ3rdアルバム「TRAIN-TRAIN」を発売したばかりのブルーハーツが最後のゲストだった。ヒロトとマーシーがふざけて浅川マキの夜が明けたらを歌い、三宅伸治にうるせえっ！　と突っ込まれ清志郎は笑っている。その全てがなんだか一番美しい想い出の箱に入っている。

清志郎が死んで、青山葬儀所には四万三千人が並んだと言う。僕もその一人だった。その日は生放送があったので最初は遠くから眺めるだけにしようと思っていたのだが、やはりちゃんとお別れしようと思い直し、昼過ぎから参列した。確か五〜六時間程並んだろうか。生放送に間に合うかどうか、ギリギリのタイミングでやっと本人の遺影の前に辿り着いた時、斎場から大音量で清志郎の「Oh! RADIO」が流れ、色んな思いがぐしゃぐしゃにこんがらがって泣いた。

テープにラジオ番組を録音する、というのはどのくらいの世代まで伝わる「あるある」なのだろうか。アニスパが始まってしばらくは同録（生放送の同時録音。チェック用に後で聴くもの）はテープで貰っていたので、十年前はまだかろうじてあったはずなのだが。

神戸にモトコーと呼ばれる高架下商店街がある。元町駅から神戸駅まで続く商店街で、骨董品や古本、アクセサリーなんかから軍服、中古PC、改造制服など相当バラエティに富んだ専門店が並んでいる。

モトコーは一番街から七番街まで存在する。元町から離れる程ナンバリングが高くなって行き、高ナンバーになればなる程ディープになって行く、というアメリカのダウンタウンに近いシステム。

そう言えば、昔友達とLAのシェラトン・ロサンゼルスダウンタウンホテルに泊まった時、絶対に二桁ナンバー以上の地区には行くなと旅行会社の人間に固く言われていたのだが冗談半分に地球の歩き方を目線の高さまで掲げて危険区域に入ったところ、そのストリート・オブ・ファイヤーな町並みに怖じ気づいて走ってホテルに帰ったことがある。

以上余談である。

そんなモトコーに使用済みの中古ビデオを扱う店があった。何が入ってるか分からない、どんなテレビ番組が録画されてるか分からない、ちょっとしたガチャガチャ気分で買って帰り、デッキに入れるまでのお楽しみ、というのがバカバカしくてたまに店に立ち寄ったものだ。確か一本百円。古いプロ野球ニュースや知らないドラマの一話だけが入っていたり、たまにアイドル水泳大会なんかが入っていてそういうのは「当たり」と呼んでいた。

その店には使用済みのカセットテープも売っていてこちらは一本十円〜百円。何を基準にした値段設定なのかは判然としないがこちらもたまに買って帰って見知らぬ誰かが選曲して作ったベストテープを楽しんだりしていた。120分テープのA面にローリング・ストーンズ、B面に来生たかおがたっぷり入っているものがあったりで知らない誰かの生活や思いやこだわりに触れているように感じた。

その中にごく稀にではあるがラジオを録音したテープがあった。ほとんどは興味も無く早めに「ハズレ」の烙印を押して録音用テープの山に突っ込んでいたのだが、その中に著しくクオリティの低いものを発見した。なんというか録音マイク音量から滑舌全てが半端で、MC二人のやりとりもたどたどしく、何よりもBGMが一切存在しない。一分聴いて分かった。これはどこかの誰かが友達と作ったラジオ番組だ!

一気には聴けない。聴けるレベルのものではない。しかしその作品があまりにも恥ずかしいのは、自分も同じことをした経験があるからだ。あの日自分が友達と作ったラジオ（というかラジオ風の何か）ともう隅から隅まで同じである。照れ方から変な敬語、同級生いじり、一瞬で嘘とわかる作りハガキ（誰が出すんだ）、最後のまた来週〜、いや来週じゃないし、またいつか〜みたいなやりとりまでそっくりである。

今思えば残しておけば良かった、いや、絶対残しておくべきだったのだが、いつの間にかどこかに紛失してしまった。ひょっとして自分が作ったそのテープも何かの間違いでモトコーに並び誰かが聴いてるかもと想像すると奇声をあげずにいられない。そんな思いが作用して自然と遠ざけようとしたのだろう。

あれからもう二十年以上たつ。顔から火を出していた少年はいつの間にかラジオが本職になってしまった。そう考えるとあの見知らぬ二人もラジオの世界にいるかもしれない。いや、本当に可能性はゼロじゃないもんね。ちなみに僕が一緒に喋っていた友達は、

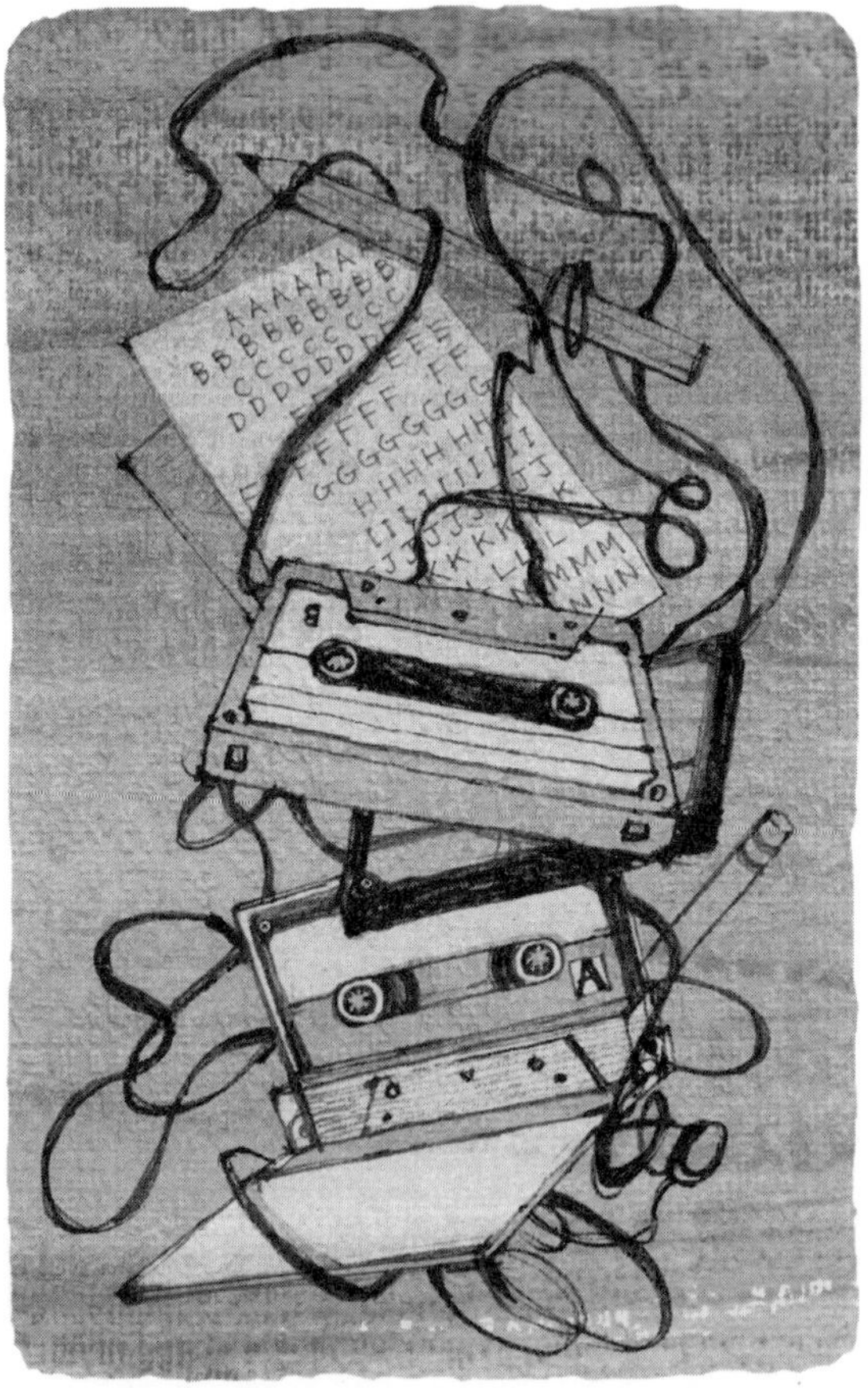
B
A

その後一年もたたないうちに猛烈に仲が悪くなり現在完全に音信不通である。

現代の少年たちもそういう自主ラジオを作っていたりするのだろうか。作っているなら是非聴いてみたい。ニコニコやツイキャス全盛の世の中ではあまり期待出来ないだろうか。しかし初めて作った曲、初めて描いた漫画、初めて綴ったラブレターなど、それはとても恥ずかしくてかけがえの無いものである。生配信で垂れ流しちゃうのは勿体ないよ。ＬＩＶＥ感も視聴者の反応も無く、ましてや作品を作り込む程の技術も無い、そんな憧れと初期衝動の固まりみたいなものを聴きたいのだ。絶対笑わないから送って来てくれませんかね。

ラジオの中の人々

ずっとラジオのことばかり考えている

ラジオ人口は昔に比べて減ってきていると言う。しかしアニラジという世界に関しては僕が潜り込んだ十年前から比べると増えてきているように感じる。圧倒的に女性リスナーが増えたようにも思う。

それはひとえにアニメ声優文化の発展によるものだが、ではラジオスタッフはどうなんだろう？

これも大分難しい。アニラジにおいてはもちろん志望者は増えてきているはずである。触れる人間が増えるということは憧れる人間も多いということで当然の流れと言えよう。

しかしアニラジとは「アニメに関連したラジオ」の略である。いくらアニメが好き声優が好きだからで入ってきてもそこはアニメ業界では無くラジオ業界。何よりもラジオに興味がないと始まらない。

例えばジャッキー・チェンに憧れてクンフー映画界で働きたい、と思ったとする。結構な事である。

しかしクンフー業界と映画業界は存在してもクンフー映画業界、というのは恐らく無い。自分が仕事にしたいのはどちらなのか。クンフーなのか映画なのか。声優が好きなのかラジオが好きなのか。どちらに感動したのかをちゃんと突き詰めて考えないとせっかくの夢が無駄になるケースもあり得る。

現に「もっと声優にいっぱい会えると思ってました」と業界を去って行くADもいた。夢と欲求の方向を間違えた由である。旅行会社に就職して「もっと旅行にいっぱい行けると思ってました」と言われたら上司も困るだろう。ならば他の仕事でしっかり稼いで休日にたっぷり旅行に行くなり声優イベントに行くのが正しい。

確かにアニラジばっかりやってる人はいる。自分もその一人であるし作家やディレクターにもそういった人はたまにいるけれど、アニラジ専門屋というのはいないということとは良く覚えておいて欲しい。

ただ、好きだからって入ってくるなと言っている訳では無いので誤解無きよう。「好き」は何よりも強い力であるし最初っからアニメとか声優とかをバカにしてるスタッフ（たま〜にいるんですよ）より百倍良いです。現場に対する愛情から理解も向上心も産まれると信じている。出来ればアニメも声優もアニラジもラジオも好き、という人間が入ってくるのが望ましい。


前述した通り自分は「アニメ好き」を足がかりに業界に入ってきた人間ではない。アニラジという世界があることも知らなかった。最初の数年間は正直、アニメは見なくて良いとも思っていた。しかし続けている間に周りに居るプロフェッショナルたちの格好良さに刺激され、アニメに関わっている人たちとそれを愛している人たちに向けて仕事をしているのにそれを見ないのは失礼なことだ、と思い直した。今では（もちろん全部では無いが）ワンクール二十本くらいのアニメは視聴している。

だが、そもそもアニメ好きでは無いので面白い、と感じた作品しか面白がれない。

何を当たり前のことを、と思うかも知れないがこれが「好き」という力の源でもある。

例えば僕はブルースという種類の音楽が好きでそれこそ中学生の頃から今に至るまで常に聴き続けている。

マディ・ウォーターズやハウリン・ウルフといったレジェンドたちはもちろん、数曲しか録音の残ってない無名のブルースマン、ホワイト・ブルースにジャパニーズ・ブルース、4ビートのジャンプ・ブルース、ブルース畑じゃないミュージシャンがアドリブセッションでたどたどしくプレイしているブルースなど、ブルースならだいたいなんでも好きである。

そしてこれが重要なのだが、最早多少ヘタクソでも随分ヘタクソでもそれはそれで味だな、と思えてしまうのである。

これが好きという力。好きになると批評眼が研ぎ澄まされてくるのではなく、面白がる裾野がぐっと広がって来て何を聴いても面白さを探し出せるようになる。

そういった意味で僕はやはり今でもアニメ好きではない。面白いと思ったものしか面白がれないとはそういう意味である。

だからこそ「好き」が武器になってる人が羨ましいと思う。

今つき合ってる友達はだいたいラジオのスタッフばかりであるが、何年も制作の仕事に携わっているのにみんなラジオ好きだ。ずっとラジオのことばかり考えている。

「じゃあこの場で収録しよう」

2011年3月12日、未曾有の大震災があった翌日である。前日は午前中から放送局にいたため局内で被災しあっと言う間に帰宅難民となりそのまま朝まで閉じ込められる形となった。

家に帰ってからも疲れと恐怖で落ち着かず、少し横になったが寝れない。放送局というのは災害時にも機能停止しないよう免震・耐震などにおいては他の建物より比較的信用出来る構造になっているため、言わば一番安全な場所にいたのであるが、その代わり一晩中報道から逃げられない環境だった。耳を塞ぎたいが塞げない。新しいニュースは次から次へと入ってくる。

なんとか帰宅し、せめて家にいる間はテレビを消していたいのだが情報を遮断することに対してどうしても後ろめたさが襲ってくる。

怖い。とにかく、誰かといたい。

そんな時に連絡をくれたのが隣駅に住む後輩スタッフ。ご両親が丁度実家に帰っているので、一軒家に一人だという。なのでどうせだったらうちに来ませんか？　と言ってくれ、感謝の気持ちと何だか救われた気持ちで急いで後輩宅に向かった。もう忘れてしまったが何か不謹慎な冗談を言って、必要以上に笑い合った。大丈夫。自分は今冗談を言える状態だ。と、なんとか感情を日常のレベルに戻そうと必死でボケたり突っ込んだりしていた。

しばらくするとあと二人後輩がやってきた。どちらもやはりラジオスタッフである。お腹すいたねえ、どっかなんか開いてる店ないかな、と夜の散歩に出かけた。

震災の翌日である。当たり前だが、一部コンビニを除いてほとんどの店がシャッターを下ろしている。東京に来て約二十年、こんなに静かな土曜の夜は初めてだなあ。またうっすらと恐怖がこみ上げてくる。感傷の入る隙間も無い、非常事態の静けさの中、駅前にかすかな灯りを見つけた。

店全体で恐らく三十席もない個人商店の焼き鳥屋だった。しかも奇跡的にちょうど四席の空きがある。

家族連れやサラリーマンが飲み食いし、笑っている。

ああ酒を飲んでも良いんだ。酔っ払って笑っても良いんだ。そう言えばお酒を飲む、という選択肢すら思いつかなかった。

まるでシェルターに入るような思いで店に入り、何かに乾杯し、ビールを飲み干す。とにかく酔っ払おう酔っ払おうとピッチもいつもより早かったと思う。


店内にはラジオがかかっていた。J-WAVEだったろうか。その後何度も聴くことになる、アンパンマンのマーチがかかっていた。

時は土曜日の夜。いつもならレギュラーの生放送で喋っている時間だ。正月などイレギュラーの収録がない限り、毎週必ず放送局にいって喋ってるはずの時間である。なのに今自分は飲み屋で他局の放送を聴いている。そのことが何だか不思議で、落ち着かない感じがした。

災害特番をやっている時に、俺らバラエティー班はなんの役にも立たねえな。本当ですねえ。でもなんかこの時間にラジオ局にいないの変な感じだよ。僕等もですよ。

そんな話をしながら、何故か「じゃあこの場で収録しよう」という話になった。

勿論機材も何も無いし本気で言っている訳では無い。しかしラジオ収録の話になった瞬間に全員のテンションが急に上がりだしたのである。

マイクどうしよう？　ロクサンにするかゴッパーにするか、でも店内ＢＧＭどうする？　切ってもらうのは難しいよねえでも他局の放送流れてるぜ？　あとテーブルにマイク置くとノイズでかいよねえいっそのこと吊っちゃうか。でもこの席だとコンセント遠いよなあ収録だと編集難しいから生放送か完パケにしましょうよ。いやいやスタジオに誰か受けのパーソナリティがいるでしょ。じゃあ中継車呼んでこなきゃですね。ゲラゲラゲラゲラ（笑）。

何がゲラゲラなのかよくわからない方もいらっしゃるだろう。しかしこの瞬間、我々はやっと本気で笑い合えたのである。

混乱と憶測情報の飛び交う中、正直数分後数秒後には東京も何がどうなってるかわからないと誰もが少し思っていた。出来るだけ愛する誰か、大切な誰かのそばに居たいと。

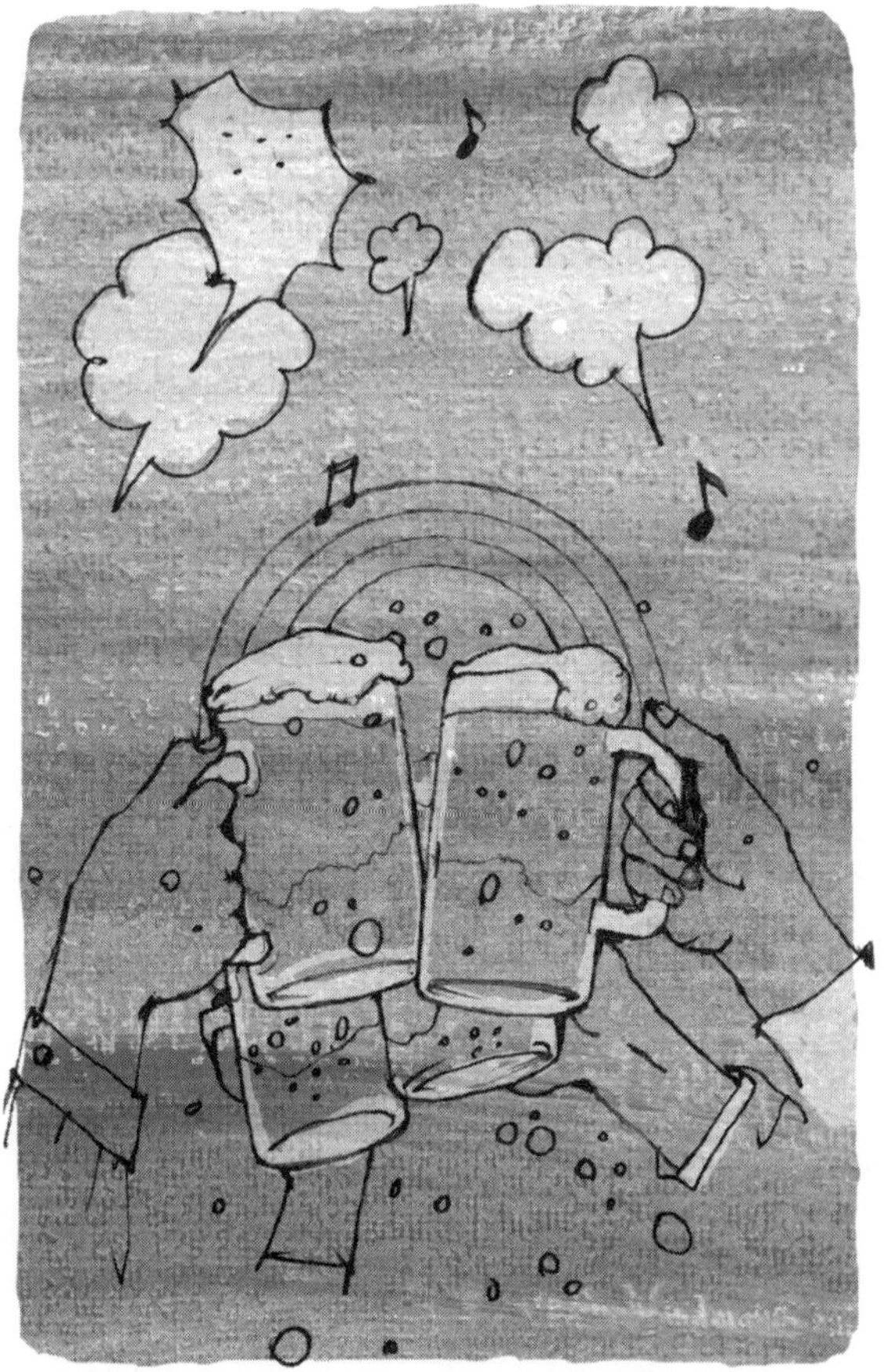

しかしそんな「誰か」がいない人間もいる。いない同士が寄り添いあって、何とか恐怖から目を逸らしていた。ハッキリ言ってたいした友情で繋がっている訳でもない。でも、ラジオが好きでラジオに関するバカ話をしながらラジオ仲間と死んで行くのも悪くないな、とあの時本当に思ったのも確かである。

上京しただけで何かを成した気持ちになって、中途半端にブラブラしていたらたまたまラジオに拾われて、やってみたら楽しくて、いつの間にかポリシーやプライドなんかも産まれてきて、そして仲間が出来た。奇跡というにはいささかチープな物語ではあるが、あの時あの瞬間にラジオの世界に入ってなかったら？　と考えるとゾッとする。

では最後に、仲間であり相方であり僕をラジオの世界に引き込んだ張本人でもある放送作家伊福部くんの言葉を。

「人間には誰かが喋っているのを聴いていたいという根源的な欲求があるはずで、それがある限りラジオはきっと無くならない」

至言であり、救いであり、我々ラジオマンにとっての祈りでもあるなと思う。

とても個人的な音楽のはなし

ルーツ

原体験

音楽事始。

とても個人的な音楽との出会いを話したいと思う。それなりに音楽好きで種類にしても量にしても割合多くのものに触れてきた。今でもCDやDVD、各種楽器など年間で一番多くお金を使うのはやはり音楽に対してである。今、一応「集めている」といって問題ないジャンルだけで数えてもブルース、ジャンプ、ジャイブ、ソウル、キッズもの、ソフトロック、インドネシアロック、戦前戦中の和ジャズ、ムシ声、お笑い歌謡浪曲、バイオリン演歌と多数ある。凄いでしょう。幅が広いと取るか狭いと取るかはわからないが一応自分の中では脈絡のあるラインナップだとは思っていて、あとはその時々で気になる音楽やとにかくこの人のものは見つけたら全部手に入れると決めているもの（藤本房子やトニー・マコウレイなど）もあるので何だか毎日ＣＤに追いかけられてるような生活である。しかし決して音楽に溢れた家庭に育ったわけではない。どちらかと言うと真逆に近い家庭環境だった。ラジオやテレビから聞こえる流行歌以外に家で音楽が流れることなど皆無であった。では一体、自分の音楽ルーツはどこにあるのか。

神戸生まれの神戸育ち。wiki にもそう書いてある。実際二十二歳で東京に出てくるまではずっと両親と実家に住んでいたし買い物も遊びに行くのも大阪より三ノ宮に出る事がほとんどだった。十代の青春はほぼ全て神戸にあると言っていい。

しかし、というか実は、というか幼少の頃は全く違う土地に住んでいた。神戸どころか関西文化圏を遠く離れた九州は宮崎である。

昔から体の弱かった母が、産後著しく体調を崩し入院。そのため兄と二人で母方の実家に預けられた。とは言え保育園には神戸で入園しているので宮崎に暮らしたのは本当に幼児期で、正直記憶はあまりない。

父親は仕事で神戸に残っていたし、母は実家近くの病院に入院中。両親のいない生活に寂しさを感じていたかと言えば案外そうでもなく、祖父母はもちろん何よりも五人姉妹の長女である母の妹たち、つまり叔母たちに代わる代わる面倒を見てもらっていたため一般的な子供よりも構われて育ったのかも知れない。

紗がかかった朧げな記憶であるが、夏のある日叔母の運転する軽自動車の後部座席を独り占めしゴロゴロと横になりながら雲というか太陽というかを眺めている、という光景をいつも思い出す。その時の僕は、なんだか悲しいような楽しいような不慣れで複雑な感情に包まれてイライラというかソワソワしているのだ。後になって聞いた話から推測するに、恐らく入院中の母の見舞いに行く途中だったと思われる。

母に会える歓びと会ったら上手く話せるだろうかという不安。もちろんこれは大人になった自分が考える当時の心情で、もっと細かくてサルベージ出来ない色んな思いが入り交じってはいたのだろうがその小さな焦燥は我ながら愛しく微笑ましい。

田舎だからだろう、どこに行くにも車に乗った。母が退院して兄弟共々神戸に帰ってからも夏休みなどで何度も宮崎には戻ったが、少年時代の宮崎の想い出はほとんど後部座席である。両親が車に乗らなかったため、車に乗るという行為自体がとてもエンターテイメントだったのだろう。そして叔母の車に乗る度、必ずと言っていい程かかる音楽があった。

山口百恵・海援隊・さだまさしである。

どの叔母の車に乗ってもかかっていたと記憶するが、子供故の混同なのか姉妹間で流行っていたのか。しかし今になって考えると叔母それぞれが別の車に乗っていた、というのが記憶違いなんでしょうね。多分車一台・カーステ一つ・テープは共有だったのだろう。

更に詳しく記すと山口百恵「ベスト」、海援隊「ライヴ・アンコール」さだまさし「夢供養」の三枚。恐らく個人的音楽の原体験はこの三つのアルバムにあるのではないか。物心つく前からそれこそ繰り返し繰り返し、何度も聴いて細部まで覚えてしまっていた。もうここには好きとか嫌いとかいう感情の入る余地もなく、そのサウンドはまさしく心のひだの奥底に刻まれて自分の一部になってしまっている。これはなんと言うかハッキリ言ってあまり格好よろしくない。いや、個人的な意見ですが。

正直RCサクセションやジョン・リー・フッカー、オーティス・レディングなど（後ほど言及しますね）が僕のルーツですと断言した方が格好いいと思うし実際色んな所でそれに近いことを言ってはきたのだが、こればっかりはもう仕方が無い。いまここに明言しますが、僕の音楽ルーツは百恵鉄矢まさしです。

しかし、後付けの更に拡大解釈かも知れないが、山口百恵ソングからはそのブルージイな肌触り、海援隊からは泥臭さと何よりもライブレコーディングの面白さ、さだまさしからは強烈なコンプレックスから導かれる物語性みたいなものを受け取り、その後の音楽人生に少なからず影響があったのではあるまいか。

六二二の法則

自分だけのスーパースター

テレビから流れる歌謡曲。これももちろん大好きだった。時は80年代。ピンクレディーや沢田研二、その後たのきんやアイドル82年組が現れアイドルポップスは新しい形の進化を遂げ、筒美京平は円熟期に突入しシンディ・ローパーやユーリズミックス、マドンナ、ワムなどの影響が邦楽をより面白くしていた。

チェッカーズも良いねえ、安全地帯も面白い。でも自分も十二歳になるし、そろそろ「自分だけ」のスペシャルなヒーローがいても良いんじゃないかと何となく思っていた。思春期の入り口である。

兄は三つ年上で、ちょうど半歩から一歩前を歩いている人生の先輩といった印象があった。そんな兄は当時サザンオールスターズに夢中だった。なのでモチロン自分も兄とともにサザンを聴いていたし大好きだったのだが、兄が一番好きなものを自分も一番好きだと言う訳にはいかない。お分かり頂けるだろうかこの感覚。

例えば赤と青の服があるとする。兄弟ともに赤が気に入ったとしてももちろんそれをゲット出来るのはどちらか一方である。民主主義の論理は幼い兄弟の前では力を持たず、斯くして望まない青を手にした弟は赤よりも青のほうが好きだと思い込もうとする。理論的かつ、具体的に。何故「青の方が優れているのか」と。

赤とは情熱の色である。行動と能動の色である。そこにみなぎる力強さは確かに魅力的であり格好いい。対して青とは冷静沈着の色である。静寂と受動の色である。赤の持つパッションには敵わないかもしれないが不言実行・質実剛健の感がある。そして何よりも海の色でありそこからは生命の源をイメージ出来る。水は常に炎に勝る。

同じくチョコよりもバニラの方が、トラよりも象の方が、コナンよりジムシーの方がと言った具合に兄の都合に合わせて趣味嗜好を変化させる事に長けてくる。と言うより出来てしまう。世の弟たちに共通するありふれた悲しみかも知れない。

そんなこんなでいつの間にやら「一番好きなものは兄と違うものにする」という癖がついてしまった。

そんな兄がサザン好きである以上、「一番好き」は何か他のものにしなければならない。しかし敵（兄？　サザン？）よりも見劣りしたり格下であったりするものを選ぶのは癪に障る。本末転倒に思えるかも知れないが少年にとって「自分だけのヒーロー」とは「スタンド」や「召喚獣」と同意なので極めて重大な問題なのである。悩んだ末になんと直接兄に尋ねることにした。敵陣営に颯爽と乗り込む戦士ととって頂きたい。

「なあ。サザンのライバルってだれやろ？」

「RCサクセションやな」

今でも何故この時兄がRCの名前を出したのか分からない。しかしこの瞬間にすでに自分のヒーローはそのRCなんとかにしようと決めてしまっていた。早速駅前にあるレンタルレコードショップ黎紅堂で「the TEARS of a CLOWN」を借りてきた。ライブアルバムを選んだのはやはり幼少時の海援隊体験のせいだろう。レコード針を落とす。

一曲目は「IN THE MIDNIGHT HOUR」。ウィルソン・ピケットの代表曲だ。もちろんそんな情報はこの時知りもしないが。

まず最初の感想は、困ったなあだった。だって変な声だし。ちっともサザンに似てない。サザンはサウンドも洒落てて日本語も英語っぽくて格好いいのに、なんか全体的にドチドチしてるし。この中ジャケットに写ってるギラギラな化粧してる人が清志郎？うわー怖ーい。あれ、でも見た事あるぞ。あ、昔テレビで坂本龍一とキスしてた人だ！気持ち悪ーい。

しかしもう自分のヒーローにする、と決めてかかって借りてきたのでこれを反故にするのは大変惜しい。これは我慢してもう少し聴いてみよう。そんな感じの出会いであった。

その時、と記憶しているが実際は何日も後のことかもしれない。記憶とは改ざんされ美化されていくものだから。よりドラマチックな出来事にしよう、という思いが働いているかも知れない。が、とにかくその時、である。「ドカドカうるさいR&Rバンド」という曲が始まった。

あ、これは好きかも。とまず思った。フリーキーでパンキッシュなシャウト、がなり立てるような声で歌うラブソングは小学生の情緒には分かり辛かったのかもしれない。しかしこの曲はロックバンドの毎日を歌ってる。子供騙しのモンキービジネス、明日はお前の街でイカレタ音を出してやる、と歌うこの曲に一瞬心魅かれた。

ドカドカ〜ばかり何度も繰り返して聴いた。「ちょっと好きかも」が「とても好き」になり、「無茶苦茶好き」になるまで時間はかからなかった。

一回好きになってしまったらあんなに変に聴こえていた他の曲たちも特別に聴こえだす。あっという間に手に入る限りのアルバムを借りまくり、もうそれからは毎日がＲＣ、清志郎漬けになった。猪木でもタイガーマスクでもなく、ケンシロウでも冴羽獠でもなく、明石家さんまでも志村けんでもない自分だけのスーパースターが見つかったのだ。

なんだかんだ兄も一緒にＲＣにはまっていくのだが、今考えると上手く兄にリードされたのかもしれない。もともと興味があって手をだそうと狙っていた所に、音楽的自我を持ち出した弟をまんまと利用した可能性がある。

しかしあの時兄の口から「ＲＣサクセション」という言葉が出なければ、全く違う人生を送っただろう。偶然だろうがまんまとだろうが、兄には感謝しかない。

心を全部持って行かれた

レンタルではなく初めてレコードを買ったのは中学二年の時だった。ボブ・マーリィの「NATTY DREAD」。随分突拍子もない選択だと思われる方もいるだろう。レゲエという一ジャンルを超え世界中の音楽好きたちに愛されている名曲「NO WOMAN NO CRY」が収録されているのだが、当時好きで読んでいた漫画（狩撫麻礼・谷口ジロー「青の戦士」）の中でこの曲が印象的に登場し、興味を持ったのが購入の理由だ。しかしこのアルバムは全てのボブのアルバムの中でも飛び抜けて素晴らしい。ある意味完璧なレゲエアルバムだとも思う。何千枚ものCD、レコードを聴いてきたが初めて買ったアルバムがこのNATTY DREADであったことは我ながら誇りである。

一度レコードを買ったらもう欲求は止まらない。買い物しようがしまいが毎日のように三ノ宮のMr.ジャケットという輸入レコード店に入り浸り、色んなアーティストのジャケットを眺めながらこれも格好いい、これも面白そうと勝手に内容を想像していた。

音楽に興味の無い親だったがレコードプレイヤーは昔からあった。ラジオ、テープ、レコードの一体型コンポを知り合いから貰ってきたのである。

両親は専らラジオ聴取専用に使っていたため、レコードは二枚だけ。一枚は西部劇主題歌集（多分試聴用に貰ってきたもの）、一枚は阿川泰子（親父の好みの顔なんだとか）。二枚しか入って無かったレコードラックだがこの年あっという間に三桁を超えてしまう。

兄もたまにレコードを持って帰ってきた。ビリー・ジョエルやポリス、リッキー・リー・ジョーンズなんかが多かったが、その中にジミ・ヘンドリックスのレコードを見つけた。お！　名前だけは聞いた事がある。ロックの教科書に出てくる人だよね。ジミヘンでしょ知ってる知ってる。やるなあ兄貴ちょっと聴かせて貰うぜ。これでまた一つロック・レジェンドを知ることが出来、ロックの神髄に近づけるのだ。そしていつの日かこの俺こそが生けるロックとなるのだ！

まあそこまでは無いがそれに近いことを思いながら期待して針を落とした。うーん……なんというか……暗い。今思えばバンド・オブ・ジプシーズという後期ジミヘンの中でも特に暗い一枚だったのだが、分からないのは自分が悪いのだと思い込み、ではやはりライブ盤を手に入れるべきだと勢い勇んでレコ屋に出かけた。三つ子の魂百までとはまさにこのことである（バンド・オブ・ジプシーズもライブ盤なんだけど）。

日本語情報のない輸入盤専門店である。ライブ盤かどうかはジャケット情報で判断するしか無いので慎重に慎重を重ね選び抜いた一枚をレジに持って行き、いざ家に帰って改めて見てみると、A面がジミヘン、B面がオーティス・レディングの「モンタレー・ポップ・フェスティバル」というライブ盤だった。

あれれ、間違えたと思ったけれど後の祭りである。不注意な自分に反省しながら仕方なしに聴き始めた。

心を全部持って行かれた。全くノーマークだったオーティス・レディングに。

もちろんジミヘンも素晴らしかった。モンタレーでのパフォーマンスと言えば伝説であるしその後何回も聴いてその度にそのエモーショナルなプレイに感動したのだが、正直初めて聴いたときのジミヘンの記憶が無い。それくらいオーティスは圧倒的だった。

その衝撃をどう言葉にすれば良いのだろう。グルーブ、熱狂、シャウト。全部が固まりになって脳みそを貫いた。とにかくメンバーの誰も格好つけてないし一つも上手く歌おうとしてない。イノセントとはつまりこういう事なのだと感じた。ハッピーもサッドもいっしょくたになって血管内で暴れだすようだった。とにかく今まで味わったことのない感覚。準備してない部分が刺激されて、あーこれが感動というものなのか、と理解するのに時間がかかった。胸が満たされ、代わりに頭が空っぽになっていく。わずか五曲。時間にしたら三十分にも満たない。しかしその短い時間で、確実に人生が変わったと感じた。あー僕はもう一回この興奮に出会う為に音楽を聴き続けるんだろうな、と。清志郎→オーティスという直結の流れでは無かったんですね。考えてみれば意外な事実。あんなに清志郎好きで本とかも読んでたのに。

それからオーティスやその他のソウルミュージックを集めだし、次第にブルースに傾倒して行く。そしてこの後十年くらい黒人音楽かそれに影響された音楽以外はほぼ聴かない日々を送ることになる。

一日中触っていた

初めてライブに行ったのもこの年である。日本四大ブルースバンドの一つ憂歌団を見に、元町チキンジョージまで。一人で行くのは怖かったため友達のK川くんとT木くんについて来てもらった。想像していたより全然狭くて、酒の匂いと煙草の煙が充満している。なんの仕事してるのかそもそも仕事をしているのかも怪しいと言った感じの大人たちが、お互い顔見知りなのだろう、猥雑なジョークを飛ばし合っている。しばらくして憂歌団のメンバーが各々に酒を持ちながら登場。とたんに客席からはヤジの嵐である。「遅いぞ！」「早よやれ！」といった怒号に対しボーカル木村氏が「やかましわい！」と応戦。とにかくおっかないと思いながら店の端の方で立っていた。しかし当時の神戸市の中学生男子は丸坊主が義務化されていたため、とにかく目立つのである。メンバーも客もチラチラとこっちを見てくる（気がする）。何やらライブの雰囲気を損なってるんじゃないかとびくびくしながらの初ライブハウスであった。この経験もやはり刷り込み効果というのだろうか、今でもライブと言えば座って呑んで煙草を吸いながらというスタイルが一番落ち着く。客も、もちろん演者も。

六二二の法則というのを聞いたことがある。小学校六年、中学二年、高校二年に出会ったものが人生を左右する、というものである。

小六ではRC、中二でオーティスやブルースに出会った。そして高二の時。法則にぴったりと符合する衝撃的な出会いがあった。

兄が友達からギターを借りて来るのである。そう、また兄の登場である。

そりゃ、一つ屋根の下に住む一番年の近い他人なんだから大いに影響を受けて不思議は無いのだが、それにしても人生のハンドルをきる時にはいつも兄が助手席に乗っていた気がする。音楽に限らず漫画や映画や小説の選び方も。メフィストフェレス扱いされると本人は嫌がるだろうが。

借りてきたは良いがあっという間に飽きてしまったようで部屋に置きっぱなしになっているアコースティックギター。弟のおもちゃになるまで時間はかからなかった。傍らには明星うたの世界。とにかく「あ」はアイ・ジョージから「わ」はワイルドワンズまで知ってる曲があったらコードを調べて何でも良いから弾いてみる。

今まで聴く一方だった「音楽」というものに、初めて自分からコミットしていったのだ。楽しくない訳が無い。

一日中ギターを触っていた。テレビを見ているときもご飯を食べているときもずっと抱えていた。ギター少年はみんなそうだろう。もう寝よう、と思う。でも寝る前にもう少しだけ触ろう。いい加減そろそろ寝よう。んじゃあとちょっとだけ。繰り返してる間に、いつの間にか真夜中になっている。

そしてこの年、ギターを触って僅か半年かそこらで初めてのライブを行うことになる。もうお気づきであろう、もちろん兄の決定によるものである。

ＲＣサクセションのギタリスト、仲井戸麗市がソロアルバム「絵」をひっさげてのツアーを行っていて、兄弟揃って見に行った。場所はお馴染みチキンジョージ。

終演後、興奮しながらの帰宅途中、兄から突然の「バンドやるぞ」宣言。当然冗談だと思っていたのだが、数日後にメンバーが集まったぞ、とのこと。

しかしドラマーは未経験者、キーボードは触ったことある程度、ベースだけは経験者だったがとにかく何から始めたら良いのか分からない。何よりもエレキギターなんか持ってない！

そして一回も練習スタジオに入ることなく兄が「ライブの日程を決めてきた」などと訳の分からないことを言う。しかしもう決まってしまったのだから練習して人に見せられる程度に上達するしか無い。エレキギターを持っている、というクラスメイトから半ば強引に借りてそこからライブまでの数ヶ月、それこそ必死に弾き続けた。

大分無茶な状況だったのだがそれでもなんとかなったのは選曲をほぼ任されたからであろう。自分の好きな曲、体に馴染んでいる曲から選んだので、大変だったのは他楽器担当者だったろう。

披露曲は憂歌団、MOJO CLUB、浅川マキ、山口百恵（！）など。あとは一生懸命ブルースのカバーをしていた。それから年に一回くらいのペースで四、五回ほどライブを行っただろうか。バンドを組んだのは後にも先にもそれだけである。ちなみにバンド名は「ワシザキーズ」でした。可愛いね。

いわゆるヘヴィメタやハードロックなどラウドな音楽は全く聴いてこなかった。正直うるさいな、としか思っていなかった。音楽に善悪や敵味方など存在しないともちろん思っているが当時は（今もですが）ブルースの方がよっぽどヘヴィだしハードだと思っていた。しかし。あの過剰にフィードバックした音でしか刺激されない心の部位があるのは分かる。分かるし理解もしたいのだがそれに関しては音楽的性感帯が違うとしか言えない。風俗嬢にずっとまぶたを舐められてる感じか。大変下品な例えで申し訳ないが。

THE MONTEREY
INTERNATIONAL
POP FESTIVAL

仕　事

曲を書く

初めて曲を書いたのはいつだろうか。小五の時、「うんこちゃんが空飛ぶ」という曲をアカペラで作り登下校時にテーマソングよろしく歌っていたことはあったが、才能はこの一曲で尽きてしまったようでその後ギターを触り始めた時オリジナルというものに憧れて何となく書こうとしたものの、憧れと身の程の狭間で揺れ動き結局一曲も完成させることは無かった。

実際に曲を書くのはずっと後、東京に出てきてからのことである。大学の後輩であり今でも続いているユニットPOARO（ポアロ）の相方伊福部くんに「ギター弾けるんだから曲書けるでしょ」と言われた。「俺が詞を書くから、知り合いの事務所に企画として持ってこう」と。言われるがままに曲を書き、事務所とやらに持って行った所あっという間に通ってしまった。伊福部くんの企画力というか実現力には脱帽するしかない。で、その時書いたのがPOAROのファーストシングルにもなった「NEW-TYPE」という曲。つまり初めて作った曲がそのままデビュー曲になってしまったのだ。これが才能というものだろうか。その後バリバリ量産・提供などしてたら天才伝説の始まりっぽくて格好良いのだがそんな事実は無いのでどうぞご安心を。

POAROとしては現在までに五枚のアルバムを出している。初めのうちは作詞をすることもあったのだがだんだんと分業化がすすみ、いつの頃からか完全に作曲担当、という感じになってしまった。たまには詞も書きたいな、と思いその頃からポツリポツリと自分の曲を作るようになる。知り合いが開催しているアコースティックライブに参加し、そこで作った曲を披露したりしていた。曲もある程度たまった頃、現在の事務所から「アルバム作りませんか?」と打診があり、初めてソロでのアルバムを作ったのが六年ほど前。そして現在までに三枚のソロアルバムを出している。

メッセージなど何も無い。言いたいこと、世間に問いたいことなど一つも持ってない。ただ嫌いな言葉を極力排除し、口の気持ち良さ、発音の気持ち良さを意識して物語を繋いでいくだけである。これは先日後輩に指摘されたことだが、歌い手を僕、リスナーを君に設定した二人称の歌をあまり書いてないらしい。確かに歌の中に登場人物を設定し、ドラマと感情を想像して書くのが好きなようだ。なにせメッセージが無いので。おこがましいかも知れないが、ここにさだまさしの影響があるのかもしれない。あんなに緻密で細かく練られた作品群と比較するのも恥ずかしいけれども。

発注と納品

しかし。職業は何かと問われてミュージシャンだと答えたことは一度も無い。プロフィールに書いてあったら申し訳ありません。早急に削除訂正致します。面倒だなあとお思いかも知れませんがこの話もうちょっとお付き合い下さいね。

職業、とは一体なんなのか。一回辞書をひいてみましょう。職業とは「日常的に従事する業務・労働」のことだそうである。まあ別段辞書的解釈だけが正解だと思っている訳ではないけれども、此の伝で言ってもやっぱり音楽は職業にはあたりませんね僕は。しかしジャマイカのレゲエミュージシャンなんかは週に六日はファーマーだけど、本業はミュージシャンなんだぜ！　なんて人も多勢いて、その感覚も分からなくはない。つまり自分の中での仕事というものの定義の問題である。その境界線は人それぞれだろう。一円でもお金を貰えば職業だという人もいれば一番大きい収入源、何で家賃を払っているかがポイントだという人も。

では自分はどうか。伝わり辛いかも知れないが発注に対して納品をするのが仕事だと思っている。例えば生放送でゲストとフリートークをして上手く告知まで繋げろだったり例えば台本にある決まり事を全部こなした上でイベントを時間内で終了させろであったり。もちろん実際にはもっと細かい指示が存在する。まあ逆に全部お任せしますの場合もあるのだが、とにかくまず発注があることが前提である。注文されたものをお出しする。商売の基本である。

音楽はどうか。依頼で書いた曲もごく数曲存在するにはするが、基本的には暇な時に好きで書いて、たまったからレコーディングしたというもの。これも定義が難しいが自分の中では趣味の一部であると言う方が近い。オカネガウゴイテイルノニ趣味トハナニゴトカ！　と怒る手合いも多勢いる。しかしたまたま釣った魚が売れたからといって彼を漁師と呼ぶことは出来ないだろう。逆にお金が動こうが動くまいが音楽に携わっていればミュージシャンじゃないか！　という方も居る。それも間違いではないだろう。正しいか正しくないかは誰にも判断出来ない。漱石先生の言い方を借りるなら、これはもう徹頭徹尾主義の問題である。

あとはもう一つ、頭を下げれるかどうかと言うのが自分の中では大きなポイントである。誰かに頭を下げてまで音楽したいかと問われれば、正直答えはＮＯだ。理不尽な要求に対して闘ってまで音楽に生きれるか。これもＮＯだ。好きな音楽と好きな時に好きなように戯れていたい。これが素直な思いである。

ではラジオやイベント司会ならどうか？　もちろん出来れば頭を下げずにいたいがそれで現場が円滑にすすむなら大いに下げるだろうし実際下げたこともある。そこで抱えたストレスを音楽に触れることで解消する。これこそ仕事と趣味との美しい関係と言えるだろう。

あの日ＲＣを聴いてなければ音楽に体重を乗せることは無かったであろうし、ギターを弾くことも無かったかも知れない。しかし後に文化放送に潜り込み、何となく今の仕事に就いたのもギターが弾けたおかげである。清志郎がいなかったら音楽をやっていな

かったというミュージシャンは数多くいるだろうが、ＲＣに出会ってなければアニラジで喋ってなかったというフォロワーは中々珍しいのじゃないだろうか。

いや。ひょっとしたら鷲崎のラジオを聴いて人生になにがしかの影響を受けたという人もいるかもしれない。音楽や漫画や映画やファッションやお笑いや小説やそれが何かはわからないけれど、今日も誰かがどこかで何かに感動して人生のハンドルを切っている。バタフライエフェクトなんていう言葉を使うのは何やら大仰に過ぎるかもしれないが、毎日人知れず百万の蝶が花吹雪のように空を舞っているのだ。

鮫について語ろう

三つの魅力

鮫ブーム

鮫について書いてくれという。確かに各所で鮫が好きという話をしてきたし実際ハシゴ鮫（鮫を見る為に一日いくつもの水族館を訪れること）をするくらいにはシャーキビリティも高いとは思うのだが、いざ文字にしようとするとさて一体何を書けばよいのだろうか。

今まで書いてきたテーマ、例えば「ラジオ」にしても「音楽」にしても実人生と大きく関わりを持っている。関係性も物語も多いのでエピソードに事欠かない。しかし鮫についてはどうだろう。同級生や恩師に鮫がいたこともないし思春期の頃に憧れのピンナップシャークも存在しなかった。そんな自分が果たしてどれくらいシャーキングブルースを披露出来るのか分からないが、今まで色んなところで書いたり語ったりしたことを寄せ集めながら（R・チャンドラー風に言うとカニバライジングですね）ぼんやりと書き始めてみよう。

鮫ブームだそうである。確かにNHKなどで「鮫特集」を放送する機会も増えたような気はするし鮫好き有名タレントが鮫グッズを身につけてメディアに出ているのもよく見かけるようになった。

しかしモチーフになる鮫と言えば基本「ホオジロザメ（という表記で今回は統一させていただきます）」ばかり。鮫という凶暴な生物をキュートにデザイン化しました、という画一的な方法論でしかまだ鮫を扱っていないように見える。

確かにホオジロは魅力的である。シャーク・オブ・シャーク、鮫の中の鮫という貫禄に満ち満ちている。しかしそれは、例えば勝新太郎という才能を「座頭市」だけで語るのと同じ、パンクという音楽を「セックス・ピストルズ」だけで語るのと同じ行為ではないだろうか。「人間失格」は確かに名作であるが太宰文学のユーモアや色っぽさはそれ一作では伝わらないだろうし「富嶽三十六景」だけで評価するには北斎の作品は膨大過ぎる。今一度多方面から鮫という存在を見つめ直してみようじゃありませんか。みなさん。

きっかけ

しかしいきなり手の平を返すようだが自分が鮫好きになったきっかけもご多分に漏れずやはりホオジロザメであった。史上もっとも有名で、世界で一番その存在を知られた鮫と言えばもちろん映画「ＪＡＷＳ」の圧倒的捕食者、ホオジロザメの通称ブルースだろう。幼少の頃ゴールデン洋画劇場で出会い、そのあまりの恐ろしさに一生海水浴には行かないと心に誓い両親にも涙ながらに懇願した。中年になっても自分が泳げないという理由の一端はここにあるのだが、とにかく怯えながらもその迫力、そしてその圧倒的な強さに心のどこかで魅かれてもいた。

その後海洋ドキュメント番組などでアザラシを捕食したりするシーンを見る度、その残忍なセクシーさやアンチヒーロー的な格好良さに人知れず興奮を覚えていたのである。

もちろん自然界の食物連鎖には残忍とか冷酷とかそんな情緒というかロマンチックなものの入る余地はないのだが、そこにピカレスクな美を見ていたのは確かだ。漫画「北斗の拳」のラオウや、あるいは「バットマン／ダークナイト」におけるジョーカーを見るような思いで鮫にある種のシンパシーを感じていた。

ところでこの有名なブルースという愛称であるが、本編には一切出てこない。もともとはスタッフの間でのみ使われていた撮影用の機械仕掛けの鮫に対する呼称で、いわゆるR&BのBLUESではなくBRUCEと書きます。スピルバーグの友人の弁護士さんのお名前なんだとか。お馴染み「ファインディング・ニモ」にもブルースという菜食主義者のホオジロザメが出て来るがもちろんこれはオリジナルジョーズに対するパロディというかオマージュ。ちなみにこのブルースが血の匂いを嗅ぐと凶暴化するという設定、実際のリアルシャークにもある習性でこれを「狂乱索餌」と言います。

意外と知らない鮫のこと

さて。では鮫の魅力とは一体何なのか？　もちろん多種多様な鮫がいて多種多様な愛情の形があるだろう。映画からハマった人以外にも純粋に強さやフォルムが好きな人や深海生物好きから辿り着いた人、デヴィット・リー・ロスの名曲「ハンマーヘッド・シャーク」がきっかけで、という人も居るだろう。そもそも大きさも生態も違うジンベエザメとダルマザメを「鮫」という公約数のみで語る事はどだい不可能である。なのでここでは明快で分かりやすい例を三つあげてみたい。

（しかし全くの余談だが世の中は「三の法則」で溢れていますね。出来る受験勉強三つの法則や勝てる営業三つの法則、恋愛テクニック三つの法則などちょっとネットで調べただけで大量にヒットする。少な過ぎず多過ぎず何かを記憶したり表現したりするのに一番ちょうどいいんでしょうか。さらに三段オチや三段跳びなどに見られる三という数字のフィジカルな心地よさ。実際この「三の法則」の例題も三つあげていますし。これはそもそも三位一体思想のあるキリスト教文化圏からやってきたんじゃないかというのが長年の自説だったのだが、先日とある知り合いに仏教にも仏法僧の「三宝」がありますよと言われた。確かに。東西を問わず太古の昔から三という数字は人々を魅了していたのだな。「御三家」「三原色」「三すくみ」。ボブ・ドロウにも「Three is a magic number」という名曲があったっけ。騎馬民族は三拍子を歌いゲームは三アウトで交代しそして鮫の歯は三列に配置されている。先へ進もう）

ひとつ。やはりまず軟骨魚類であるというのが大きいだろう。突然のテクニカルターム（専門用語）に動揺されている皆さんご安心下さい。これはその名の通り全身の骨格が軟骨で構成されている魚類のことである。ピンと来ないあなたはとりあえず御自分のか信用するどなたかの耳をお触り頂ければ分かりやすいか。歯以外の部分はほぼその耳みたいな感じでグニャグニャと形成されている。知らなかったでしょう。鮫以外にはエイとギンザメにのみ見られる特徴である。硬骨魚類と呼ばれる所謂一般的な魚類と違い化石が残らないため、その系統発生は依然として謎に満ちたままだ。あの海中の王者が、死んだら跡形も無く消えてしまうのである。その強靭な歯だけを残して。海底には鮫の歯が大量に散らばっているという。なんてロマンチックな光景だろう。

そうそうこの際だから言っときます。「鮫が好き」と言うとよくコバンザメやキャビアなんかについて聞かれるけれど、残念ながらコバンザメもチョウザメも硬骨魚類である。両方とも実は鮫じゃないということを覚えておいて頂きたい。でも名前にサメってついてんじゃんと言われても困る。PIZZICATO FIVEだって五人組じゃないし。オナシザルなんてオナガザル科だし。

ふたつ。進化の最終形態であるということ。驚きだろうか。一般的には真逆のイメージ、古代の姿そのままに進化に取り残された形で生き残っている生物という印象が強いだろう。約四億年前に鮫の原型となるクラドセラケという種が居た事が確認されているが、五対の鰓孔、異尾、歯の構造など現存する種の特徴を多く備えている。そして判明している限りではここ一億五千万年ほどほとんど変化していない。実際に恐竜や大型海洋爬虫類を絶滅に追いやった環境変化にも影響を受けずその姿を今に留めているのだ。しかしこれは既に進化する必要を失っていたという捉え方も出来るのではないか。全ての生物が例外無く変化を余儀なくされている中、鮫だけがそのフォルムや生物としての哲学を変えずにいられたのは決して偶然では無いだろう。常に変化や進化を必要とするロックンロールの歴史の中で、ロールする必要のない巨大な岩（ロック）として君臨するブルースのように。と、ここでBLUESと前述のBRUCEが繋がった。単なる偶然であるが我ながら言葉遊びを越えたシンクロニシティを感じざるを得ない。

そしてみっつ。言うまでもなくもちろんロレンチニ瓶の存在だろう。さあ真打ち登場とばかりに歓声を上げる鮫ファンと名前も知らないスターの登場に戸惑いを隠せない非・鮫ファンの表情が目に見えるようだがこれは鮫の特殊性を語る上で絶対に外す事の出来ない重要なファクターなのである。説明しよう。そして説明が終わる頃にはあなたも花道を行くスタープレイヤーに対して大きな声で声援を送っていることだろう。「ロレン！　チーニ！　びん！」「ロレン！　チーニ！　びん！」

五感という言葉は御存知だろう。古くはアリストテレスが唱えたという感覚機能の分類、すなわち視覚・聴覚・味覚・触覚・嗅覚のことであるが、鮫にはこれに加えもう一つの感覚器官が備わっている。それがロレンチニ瓶である。

ぞくぞくしてきました？　オカルトや超科学ではなく科学的に実証された第六感。そして軟骨魚類だけが神からその「特別」を許されている唯一の生物なのだ。

もちろんそれは霊感とかインスピレーションとか宇宙の意思とかそういった類いのものではない。では一体何なのか？　簡単に言うとロレンチニ瓶とは磁場や磁力線を感じとる能力の事である。

人間に限らず生物は必ずどこかの筋肉を動かしている。すると体内に微弱な電波が流れ、周囲に磁場が出来る。それを感じ取る器官がロレンチニ瓶である。格好いいでしょ？

だって、視覚や嗅覚に頼らずともこの磁力線を頼りに獲物を発見することが出来るのですよ。つまり磁気感知レーダーを生まれつき備え持ってると言えばご理解頂けるだろうか。実に我が内なる男の子が雄叫びを上げる程のクールアビリティ。しかもこの器官、磁力の強弱だけでなく方向を感知することも出来るのだ。広大な海の中で羅針盤を持っているようなもので景観上の変化が乏しい（当たり前ですが）環境の中現在地の特定やさらに回遊の方向を決定することも可能なのである。

ふう。如何だろう。鮫の魅力、そのワン・アンド・オンリーなアトラクティブが少しは伝わっただろうか。

例えば「およげ！　たいやきくん」に登場する鮫に対して今まで危険生物としての認識しかなかったあなたも「なるほど捕食対象であるたいやきくんの筋肉の運動をロレンチニ瓶によって感知していたのだな」と想像力を働かせる事によってよりリアルに物語を感じる事が出来る。そしてあのショッキングな結末に「進化の最終形態である鮫も所詮自然界の王者であり、インダストリアルな世界に産まれたものは結局その世界からは逃亡しきれないのだ」という教訓をより深く胸に刻む事が出来るだろう。まあかなり陳腐な教訓ではあるが。

以上みっつのポイントをお聞きになってもまだ興味をそそられないあなた。若しくはふつふつと湧いてきたあなた。この後はよりディープなサメトーーク！　が展開されます。お楽しみに。

愛し合う魚

賢い魚

「鮫が好き」だと発言・発表するたびにいまだに多くの人に驚かれる。何故鮫が？　と。しかしこの「何故？」の説明に百万語を費やしても届かない場合がある。何故鮫が好きなのか？　という問いに何故○○じゃないのか？　という比較が含まれている場合である。鮫より○○の方が良いのに！　と。まあ確かにワインと日本酒、馬場と猪木、東京と大阪、貧乳と巨乳などライバル関係にある他者との差異を語ることで一方の魅力を際立たせるというのはよく使われる手法だ。

しかし生息地域の問題からであろうか、この○○にイルカを入れてくる人間があまりにも多いのである。イルカの方が可愛いのに！　イルカの方が賢いのに！　など。これはもう辟易しちゃうね。フォルムが似てるからとギターとひょうたんを同軸で語るようなものだ。よろしいですか。一回しか言いませんから耳かっぽじって聞いて下さいね。

鮫は魚類、そしてイルカは哺乳類なのである（ジャーン!!）。

当たり前っちゃ当たり前ですね。けどうっかりなのか何なのかこの当たり前を認識してない人が後を絶たないのも事実。

確かにイルカは賢い。しかし闘うべき相手は同じ哺乳類である人間やパンダなのではあるまいか。対して鮫は魚類である。敵はサバとかブリとかマグロとかなんである。生き物総合格闘技A（アニマル）－1グランプリならいざ知らず、そもそも勝負するリングが違うのだ。

はっきり言って魚類界においてなら鮫の賢さは相当なものだ。鮫と会話が出来たとまで言われる女性魚類学者ユージニ・クラーク通称ジニー博士の研究によると、餌を与える際にベルを鳴らすという実験を続けた結果、猫やウサギよりも学習能力が高くしかも長時間記憶していた、ということである。なんと！　鮫が！　猫より!!　このことが昔から広く知られていればペローは長靴をはいた鮫を書き、漱石も名無しの鮫に自己を投影し、何よりも赤川次郎は三毛鮫ホームズをシリーズ化させたかも知れない。

他にもニシレモンザメに鼻先でベルを押すと別の場所で餌が貰えるという実験を繰り返した結果、徐々にこのふたつを関連づけて学習し、理解するようになったという。サンディエゴで行われた実験では、二尾のコモリザメがイルカやアシカのショーでやるように頭上にある鐘を鳴らしたあと訓練士のところへ行って餌を貰うという訓練を続けた結果、六ヶ月後にこれを完全にマスターした。飛ばし読みしないで下さいね。これ全部魚に関するエピソードですからね。

鮫とは愛し合う魚である

世界中に伝わる鮫信仰。これも太古の昔から人間が鮫に対する恐怖と敬意を同時に持っていたということの表れだろう。そしてそのよりどころは決して強さだけを対象にしたものではない。もちろん人々にとって鮫とは死の匂いを体中にまとった恐ろしい存在でもあったろうが、レクイエムと同時に生命の鐘を鳴らす象徴者でもあったのだ。何故か?　ヒントはその漢字表記にある。

「鮫」という字をよくよく眺めて頂きたい。交わる魚、と書いてあることに気がつくだろう。そう、鮫は魚類としては極めて珍しく、交尾という形で繁殖行動を行うのだ。

御存知の方も多いかと思うが、魚はほとんどの種が体外受精を行っている。メスが卵子を排出し、それに向かって離れた場所からオスが精子を排出する。初めて知った時にはなんだかこう、ロマンもへったくれもないなあと思ったものだが環境を考えれば至極当然というかなんというか。なにせ重力の安定しない水の中ですからね。こっちを上にしてこれが下、ここをこうやってこの部分をこうか！　なんて上手い具合にはいかないのである。

しかし。鮫はその困難、ミッション・インポッシブルに果敢にも挑戦した。問題はお互いの体をどうやって固定するかである。重力の安定した陸地まで上がるか？　しかしえら呼吸という生物上の制限があるためそれは出来ない。どこかに縛り付けるか？　道義上の問題は置いとくとして、ヒレの構造上紐状のものを結わえ付けるのは難しいだろう。ならば？

答えはとてもシンプルなものになった。とにかくオスがメスにしがみつく、という形で解決に至ったのである。もちろん前述した通り胸ビレにはその行為を成功させるだけの適性はない。最も力強く、最も洗練された部分であるその歯で「メスの体を噛む」というのが最終的に選ばれた方法だ。

これはもうメスにとってはたまったものではない。実際繁殖期のメス鮫は体中傷だらけだそうである。生物の起源を考えるとおそらく歴史上最も古いＳＭプレイであると言えるだろう。大きさや生息海域、捕食物、産卵方法に至るまであまりにも多種多様にわたる鮫の生活様式であるが、ひょっとしてこの生殖方法が最も鮫らしい特徴と言えるかも知れない。

例えばウバザメという鮫を御存知だろうか。その巨大な口が宇宙戦艦ヤマトの波動砲口に似てると一部マニアに人気の鮫であるがなんとも穏やかな事にプランクトンを主食としている。とにかく大量の海水を吸い込んでザル状になったエラでプランクトンを漉して摂取する。これを濾過摂食と言いますね。あとは最大の鮫というか最大の魚、みんな大好きジンベエザメや日本での発見例が非常に高い鮫界の BON JOVI メガマウスなんかもこの仲間。エネルギー摂取法が濾過であるためもちろん歯なんて必要ないはずなのだが実際大変立派な歯を持っている。理由はただ一つ、メスに噛み付くためである。

しかし、である。性に対して想像力の豊富な若者なら既に疑問に思ってることだろう。でもあそこがあそこにあーなるとしたらどうやってんの？　正面から噛むのは難しいんじゃないの？　だいたいどこ噛むの？　と。素晴らしい。そういった何気ない疑問符が文明を引っ張ってきたのだ。ならば今こそ若人に問う。どこ噛むと思う？

正解は胸ビレですね。まあ、そこ以外に噛めそうなとこ無いし。でもそうなると魚類としての構造上、どうしてもオスの体に対してメスが左右どちらかに位置取ってしまう。この問題に関しても鮫は実に画期的な方法でクリアしました。男性器が左右に一本ずつ付いてるんです。

リズムで読み流してしまわないためにもう一度。「どこに？」「左右に！」「何が？」「男性器が！」「一本ずつ？」「そう！　一本ずつ!!」「INCREDIBLE!!!!」

コロンブスの卵的というにはあまりにも追随者のいない解決法だろう。メスが右に来たなら左側の、左に来たなら右側の男性器（クラスパーという）を使用する。んだって。あまりにも常識はずれな事実に当初は気づかなかったが水族館に行って確認したら確かにあれが二本ある。皆さんも鮫の水槽の前に行かれた際には是非確認して頂きたい。

しかし今でこそ水族館での鮫の飼育も可能になったし運が良ければ（？）鮫の交尾を間近に見る事も出来るが、昔は大きな謎であり学説も様々に分かれ大いに揉めたらしい。もちろん何故二本あるのか、という論争である。この戦い、まずは一本しか使わないという派閥と二本同時に使うんじゃないかという派閥に分かれた。二本同時って！　無茶言うなよ！　という声も聞こえてくるようであるが例えば同じような形状の性器を持つエイの一種マダラトビエイなんかは二本同時挿入が最近になって確認されているそうであながちアクロバティック過ぎとも言えない説であった。

対して一本しか使わない派の言い分もなかなかに気が利いている。ひとつはスペアではないかというのである。なるほど、外出時にうっかり無くしちゃったりとかね。あと、クラスに持って来るの忘れちゃった子がいるかもしれないし。オシャレなあなたは仕事用とレジャー用で使い分けよう、なんて。まあふざけたり茶化したりしてますけど当時はそれくらい謎だったのである。

少し下半身関係の記述に寄り過ぎたであろうか。あくまで鮫という生物のイメージ向上を願っての事なのだが。

鮫は人を食べない

イメージと言えば映画「ＪＡＷＳ」の原作者ピーター・ベンチリーは、自身の作品があまりにも世の中の鮫（特にホオジロザメ）のイメージを「人食い殺人マシン」として限定させ過ぎてしまったと晩年は鮫保護運動に尽力していた、という話は御存知だろうか。確かに危険鮫と呼ばれる鮫は数種類存在するが、そもそも鮫とはそれ程までに恐ろしい生物なのだろうか？

「国際サメ被害目録／International Shark Attack File」通称「ＩＳＡＦ」によると近年では年間だいたい七十〜百件くらいの被害があり、そのうち五〜十五人くらいの死者がでている、と推測されている。もちろん海難事故などで直接の死因が判断できないケースなどもあるので報告されたデータが全てではないだろうが、この結果をどう受け止めるだろう。被害総数は皆さんの予想を大きく下回っているのではないだろうか。

データの計算の仕方にもよるが、だいたい落雷による年間被害の三十分の一だと思って頂けるとなんとなくその災害規模が想像して頂けるだろう。ハッキリ言ってヘビとか蜂とか蚊とか牛とか飲酒とか失恋なんかの方がよっぽど危険度が高いのである。

鮫は人を食べない。より正確に言うと思ってるほどは人を食べない。マンイーターなんて呼称もあるが実際はアザラシと間違えて噛まれてしまった、という例がほとんどを占めるらしい。要するに彼らにとって我々は大変不味いらしいんですね。油も少ないし。

とはいえ鮫被害が年々増加していることは確かだ。しかしこれはスポーツフィッシングなどで鮫に直接触れあう機会が増えたというのが大きな理由である。大人しいと思って触ったり目立つ行動をとったりすることで鮫から攻撃をうけた、というのが主な理由だ。つまり、こっちが大人しくしていれば何割かの事故は防げたのだ。もちろんそういったケースばかりではないのも確かだが。

何よりも人やボートを襲ったことが確認されている鮫は現在二十七種類しかいない。良いですか、約四百種類ほどいる鮫の中のたった二十七ですよ。つまり、大部分は大人しいということだ。例えばネコザメとかトラザメなんかはカニや貝を主食にしている。カワウソなんかとほぼ同じです。大変可愛らしくて愛好家にも人気がある。中でも個人的に好きなのはポートジャクソンネコザメ。釉薬を使わずに焼き上げた備前焼のようなしっとりと上品な模様を持っている。床の間に飾りたい鮫の代表と言えよう。テンジクザメもだいたい小魚が主食。インドネシアモンツキテンジクザメは海底を歩く鮫として有名です。胸ビレを足のように使って器用に海底歩行をする姿は一見の価値有り。あとはイヌザメなんかも大人しくて飼育に向いていると言われているし小型でペット向きの鮫はいくらでもいるのだ。ホオジロザメやメジロザメ、イタチザメやヨゴレなんていう（危険鮫四天王と言われてます）暴れん坊たちと一緒にしないで頂きたい。いや、でもまあ、うーんどちらも大変魅力的なのだが。

一番好きな鮫はと問われれば

ゴブリンシャーク

では鷲崎さんはどの鮫が一番好きなんですかと聞かれると正直これは困ってしまう。シュモクザメのシルエットやウチキトラザメのキュートさ（陸にあげると尻尾で顔を隠す）なんかも捨てがたいしヨシキリザメやアオザメの美しさには思わず声が漏れてしまう。食べると体内の微弱な毒のため酔っ払ったみたいになるというニシオンデンザメなんかは是非かまぼこにして食してみたいし長い尾をムチのようにしならせて捕食対象を叩き殺すと言うニタリも大変に興味深い。しかし最も愛着のある鮫と言ったらやっぱりミツクリザメでしょうね。

近年の深海鮫ブームで名前や姿を知ってると言う方も多いだろう。ミツクリザメ属唯一の存在、通称ゴブリンシャークとも呼ばれる恐ろしく醜い容姿をしたアイツである。

鮫好きにとってはベタというか大変ミーハーな選択と言える。ので少し恥ずかしい。ホオジロやジンベエといったメジャー最大手には知名度こそ届かないが禍々しく印象的な存在感で、鮫に興味を持った誰もが好き嫌いを別にして一度は意識せざるを得ない。ビートルズ、ストーンズに対する例えばドアーズ的存在というべきか。

深海魚なので水圧の関係で水揚げすると身体に変化が起こる。まずアゴが前方に飛び出し、顔が充血して全身がブクブクというかグズグズというかになって体中からドバドバと血を流してとにかく気持ち悪い。まるで地獄の悪鬼（ゴブリン）のようだとそんな恐ろしい通り名がついてしまった。死にゆく姿を呼称にしてしまうとは随分デリカシーに欠ける行為と言えよう。だいたいが普通に海中で天寿を全うしたらそんな姿になることもないのだ。故意にしろ偶然にしろそんな悲惨な姿にしたのは誰なのかと問いたい。捕獲した上に皮を剥がしやすいという調理前提、しかも調理人サイドにたった名称「カワハギ」よりマシかもしれないけど。

特徴的なルックスも見慣れるとだんだん可愛く見えてくる。まずその大きく突き出た扁平な部分、ここを吻《ふん》と言いますがここが実は前述のロレンチニ瓶を備えている場所である。他の鮫よりも大きく突出しているということはより多くのロレンチニ瓶を保持しているとも考えられる。そしてこの場所は鮫の弱点とも言われているのだ。吻の先に触れると動きがとても緩慢になるというシーンをテレビなどで見た事ある人もいるだろう。その唯一と言っていいウィークポイントをなんというか掴みやすいようにわざわざ突き出したり平べったくしているところが実に奥ゆかしい。

あとは捕食時に大きく飛び出すアゴ。くちばしのように飛び出て見えるがこれは実は鮫共通の特徴でもある。人間の頭骨は頭蓋骨＋下あごという形状をしているが鮫は上あごも分離されているため大きく可動することが出来るのだ。志村けんの「あい～ん」を想像して頂きたい。と言うか今すぐ実践して頂きたい。「あい～ん」アクションにともない下の歯が大きく前にせりだすだろう。鮫の場合、加えて上の歯も同時に前に出す事が可能なのである。ミツクリはその形態上、他鮫に比べてそれがとても目立つ形で表現されているだけなのだ。「あい～ん」の上位互換だと思えば随分と愉快な表情にも見えてくるだろう。

死に際しては恐ろしい姿になるが、生きてるときはやや灰色がかったうすピンクの体をしていてこれもラブリーと言えなくもない。ピンクは女の色、というのは幾分時代錯誤に過ぎるかも知れないが戦隊ものの女子キャラと言えばやはり変わらずピンクをイメージカラーにしているし、マイメロディ・ポケモンのプリン・道重さゆみ・井脇ノブ子などピンク＝ガーリイでキュートな色というのは今も共通概念であると言えよう。女子の間でミツクリザメが急に流行ったりしないかしら。ピンクが似合ってアゴが突き出てる娘は「ミツクリザメ系女子」と呼ぶのはどうだろう。ちっとも良くありませんね。すいません。

ミツクリ談義

和名であるミツクリザメの方の名称の由来、これは実に分かりやすい。研究者である箕作《みつくり》佳吉《かきち》教授の名を冠している。学名は「Mitsukurina owstoni」。ラテン語ですね。現在もバチカンの公用語である。ちなみに鮫に限らず色んな動植物の学名を何故ラテン語でつけるのかと言うと、これ以上変化・進化する可能性が低いから。バチカンにおける公用語と書いたが、現在では公的な場面にしか使われず国民は普段イタリア語を話し、外交もフランス語、衛兵をやっているスイス人たちはドイツ語を話すらしい。つまり新陳代謝の行われていない言語なんです。言葉というのは生き物なので五十年もたつとかなり変わってしまう。そのため学術用語は使用頻度・範囲共に特化的ミニマムなラテン語を使用するのが半ば伝統になっている。ミツクリ～ナ・オースト～ニ！　と書くと更にラテン感が増します。ちょっとトロピカ～ル恋して～るみたいで。

ミツクリーナはもちろん箕作教授の名前から。オーストーニは発見者のアラン・オーストンからとっている。語尾が＋ｉになるのは格変化によるもので、これは男性名詞属格の形。女性なら owstonae になるというのがラテン語のルール。これ全てミツクリザメに興味を持つことで得た知識である。

ミツクリという文字配列に幕末好きなら反応せざるを得ないだろう。そう、あの蕃書調所の主席教授でありペリー来航時に米国大統領国書を翻訳したことで知られるあの箕作阮甫《げんぽ》のご子孫なのだ。勝海舟に入門を乞われて断った、という逸話が最も有名か。福沢諭吉の自伝「福翁自伝」にも蕃書調所入門時の担当者として出てくる（ちなみにこの福翁自伝、数ある自伝ものの中でも最高に面白い一冊。緒方洪庵塾での若き塾生たちの奔馬のような知識欲と飲酒や悪戯の日々。青春文学の名作です）。箕作佳吉は慶應義塾と並び称され原敬や大槻文彦を輩出した洋学塾「三叉学舎」の開設者箕作秋坪《しゅうへい》の三男にあたる。他にも日本初の世界地図「新製輿地全図」を著した箕作省吾や中江兆民の師でありクリリンの愛称でもお馴染みの箕作麟祥《りんしょう》など綺羅星のような日本史上の有名人がわんさかと。典型的な学者家系なんですね。wiki で箕作検索して頂いたら関連項目や関係書籍が山ほどヒットする。なのでもちろん箕作佳吉に関する書籍も購入したが残念ながらミツクリザメに関する記述はほとんどなかった。海洋業界においてはミツクリエビの研究命名や牡蠣及び真珠養殖の貢献者としての方が有名らしい。我々鮫好きが箕作佳吉＝ファザーズ・オブ・ミツクリザメとして見るのは平賀源内を竹とんぼの発明者として見るのに等しい行為なのかも知れない（この件諸説ありますが）。

　だからなんだと言われたら別になんでもない。最早ミツクリザメとは直接関係のない単なる周辺情報だ。しかしラテン語にしても新製輿地全図にしても上記のほとんどがミツクリザメに対する興味から得た知識でもある。対象から始まる知的欲求の連鎖は様々な方面に繋がって、毎日を彩ってくれる。「好きになる」とはきっとそういう事なのだ。

少なくとも今の自分にとっては。

では最後に。鮫にまつわる名言を一つ紹介しよう。映画「アニー・ホール」の中でウッディ・アレン演じるアルビーが放つ印象的なセリフ。

「恋とは鮫のようなものだ。常に前進してないと死んでしまう」

未見の方には是非レンタルをおすすめする。いかにもウッディ・アレンらしい都会的でロマンティックなセリフと言えよう。

と、ここで終わると大変綺麗なのだがゴメンナサイちょっと一言。

揚げ足をとるつもりは決してないのだが鮫には遊泳性のものとそうじゃないものがいて確かに遊泳性の鮫はエラに海水を通過させることでしか酸素を取り込む事ができない。しかし底生性の鮫は噴水孔と呼ばれる呼吸器官を有しており常に泳いでいる必要は無いのだ。例えばトラザメやドチザメなんかがそう。あとは夜行性のネムリブカなんかは昼

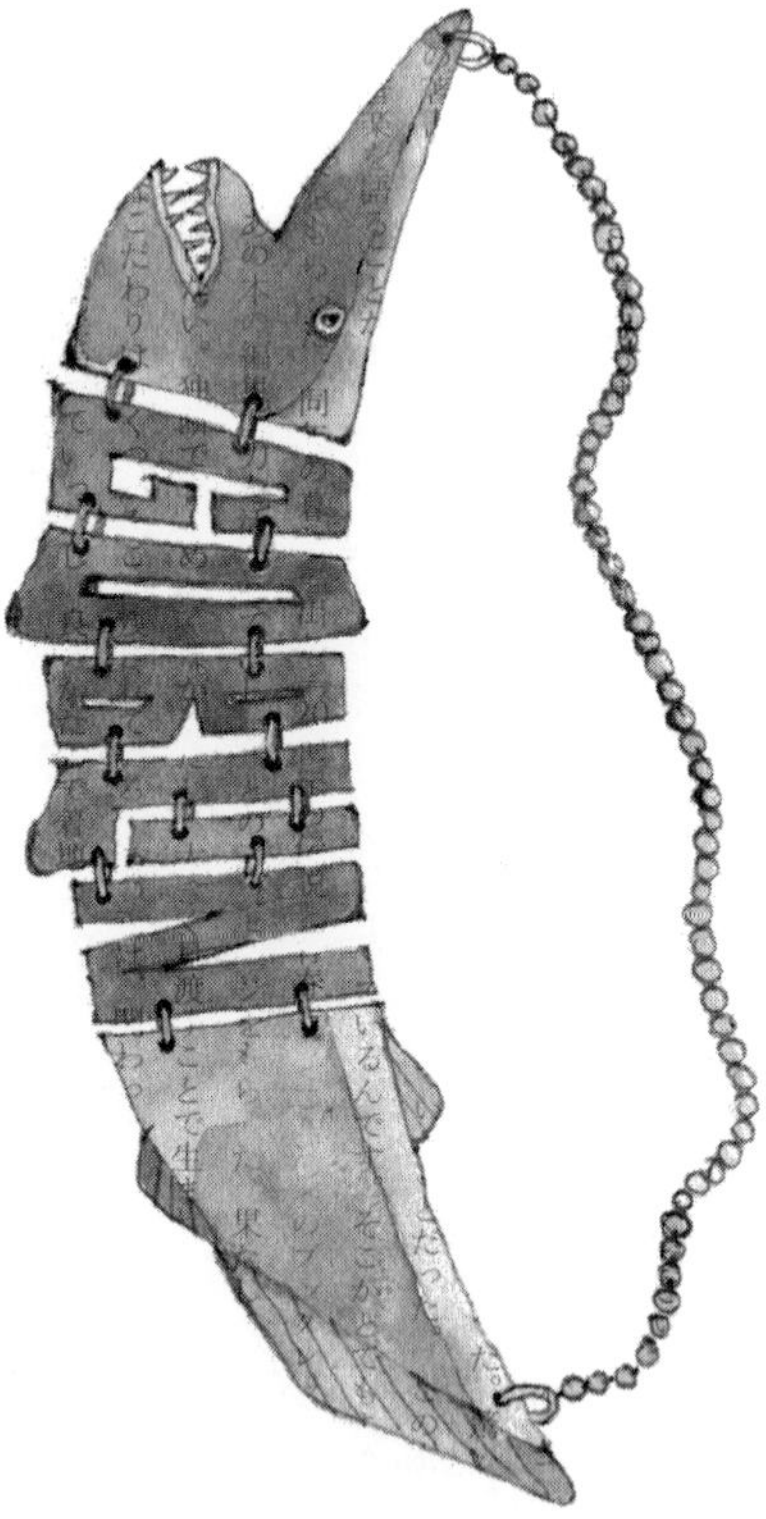

間は岩陰なんかでぼーっとしている。どれくらいぼーっとしてるかと言うとそれはもうネムリブカと名付けられるくらいに。

なので「常に前進してないと死んでしまう」という前提条件は当てはまらない。そこで鮫には遊泳性・底生性の二種類いることをふまえた上で、新しい名言を作成してみたいと思う。

「恋とは鮫のようなものだ。その真実を知らない人に限って、常に前進しないと死んでしまうと思っている」

真逆の意味になってしまいましたがどうでしょう。ちょっと長くて厭味ですかね。うーん。

鮫についてのおすすめの本

『サメガイドブック　世界のサメ・エイ図鑑』
著者：アンドレア・フェッラーリ、アントネッラ・フェッラーリ
訳者：御船淳、山本毅
監修：谷内透
（阪急コミュニケーションズ／2001年7月）

『サメは猫より頭がいい！「海のギャング」の不思議な素顔』
著者・編集：ジョージ・オカガキ
（ゴマブックス／2003年7月）

『サメのおちんちんはふたつ　ふしぎなサメの世界』
著者：仲谷一宏
（築地書館／2003年8月）

『サメ・ウォッチング』
著者：V・スプリンガー、J・ゴールド
訳・監修：仲谷一宏
（平凡社／1992年8月）

『海のギャングサメの真実を追う』
著者：中野秀樹
（成山堂書店／2007年2月）

富士山、巨人、レディー・ガガ

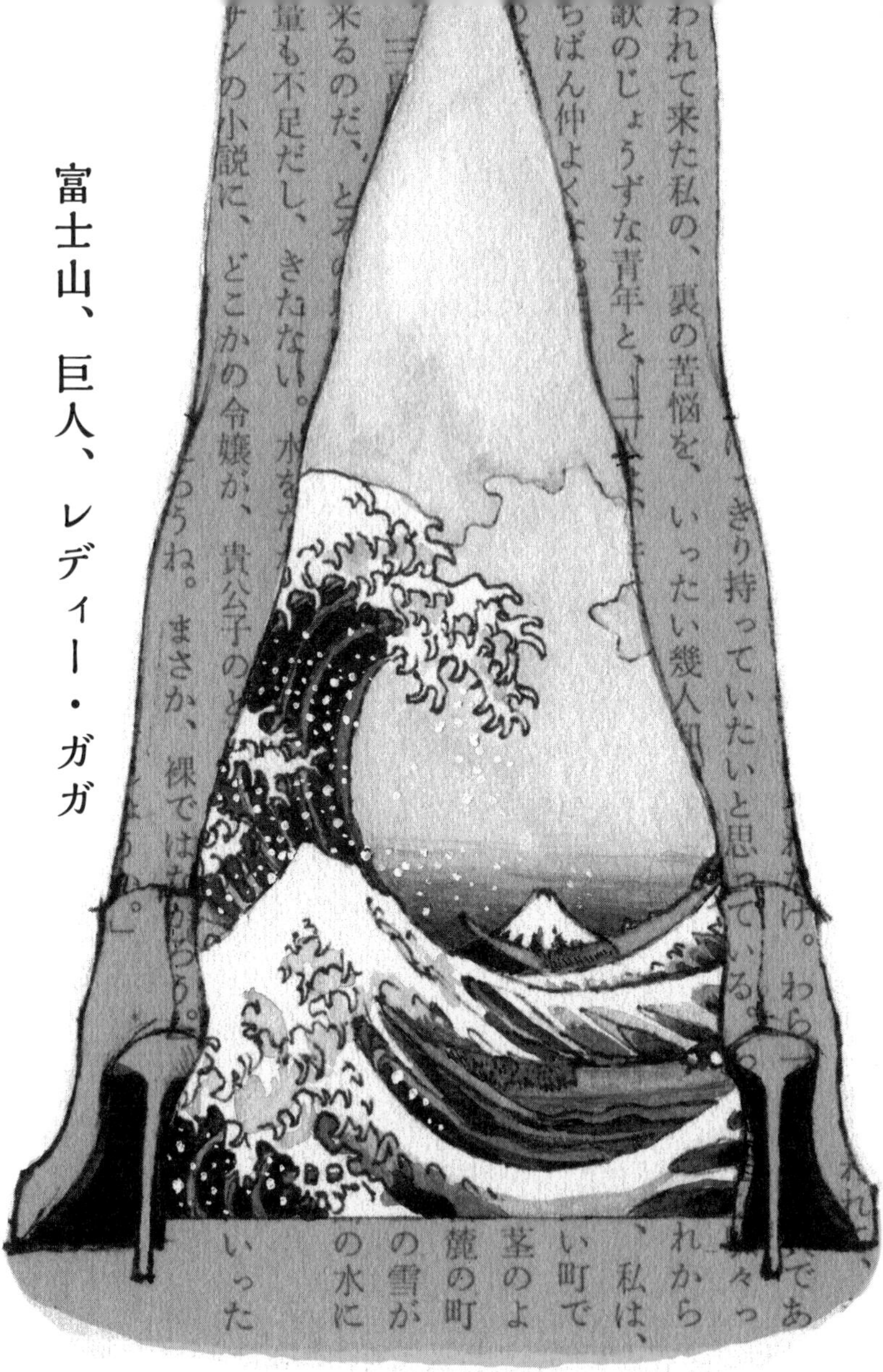

富士山

ダイダラボッチ

富士の山に、巨大な男が腰かけている。

なんと壮大な光景であろうか。しかもそのふくよかな体、広々とした臀部を休めるには富士山ですら窮屈そうである。丁度釣り人が突堤で釣り糸をたらす時に座っている箇易型の椅子、あれぐらいのサイズ感であろうか。富士山が三七七六メートルなので立ち上がるとざっと三万メートル超の大巨人である。

巨人は何やら疲れてるようだ。ロダンの考える人のように足に片肘をつけながら、不機嫌そうな表情で斜め上空を見上げている。そして時折、大地を揺るがすような轟音でそれはそれは大きな屁をひるのだ。

昔から、何故か富士山を見る度にこの不思議な一枚絵が脳裏にうかぶのである。一体なんの漫画か、なんのイラストなのか一向に思い出せないが、新幹線や飛行機で富士山の側を通る度に、皆には見えない憂い顔の大巨人を人知れずいつも想像していた。

富士山といえばダイダラボッチである。近江の土を掘って富士を作り、その掘った後が琵琶湖になったというエピソードは子供心に随分と強烈な印象を与えた。なので脳内にこびりついたその映像も、なんらかの民話伝承にまつわるイラストかなんかで見たのだろう。自分が作った富士山に疲れて座り込み、おならをするというのも少なからず牧歌的な佇まいでまんが日本昔ばなし的と言えるかもしれない。そんな風になんとなく自分を納得させていた。しかし、最近になって突然、その謎の正体が明らかになったのだ。

ガガ

足掛け数十年に及ぶ疑問を解く鍵になったのは、レディー・ガガである。

富士山、巨人、レディー・ガガ。往年の円谷に制作をお願いしたくなるほどの強烈な個性のぶつかり合いに面食らっている方々も少なからずおられるだろう。スイマセン。

もう少しお付き合い下さいね。

先日ファッション業界に勤める知人にばったり会い、旧交を温めた。お互いの仕事の話なんかをしながら会わなかった時間を楽しく埋めあったりしたのだが、正直、彼の仕事に敬意を払ってはいるものの服の事は全然わからない。ハッキリ言ってファッションにはほぼ全くと言っていいほど興味が無いのだ。着たくない服は少なからず存在するが着たい服というと破れてなければいいかくらいの感覚である。

変わりませんねえでもいいじゃないですか、と笑いながらその日着てたグレーのパーカー（お気に入り）をディスってきたり、自分の仕事にほぼほぼ理解のない相手にも優しく接してくれる。昔からいいヤツなのである。

彼はテレビやイベント等の衣装なんかも手がけているのだが、たまにとんでもなく難しい発注もくるのだと言う。

「男版レディー・ガガみたいな衣装、というのを頼まれまして」

と彼は言う。うわあ。なんだかもうおっかないねえ。あと男なのにレディーって。でもレディー・ガガ本当は男かも説ってあったよね昔。ありましたね。あとグレタ・ガルボ男説っていうのもあったらしいですよ。へえ。で、なんだっけ？

「依頼元がどう考えているのか伝わってこないんですよ。ただ奇抜なのかそれとも格好いいのか、そもそもレディー・ガガを肯定的に捉えているのか否定的に捉えているのかが分からなくて」

結局、何パターンか彼自身が用意したところただただ色合わせやサイズが突飛でダサイものが選ばれたのだという。

「レディー・ガガだろうがそこら辺の芸大生だろうが、奇をてらうにもその人なりの哲学とか理由とか心の動きが存在するはずなんで、そこを想像しないんならレディー・ガガで発注する意味ないじゃないと思うんですけどねえ」

なるほど。哲学・理由・心の動きねえ。なんておぼろげに返事をしながら頭では全然違う事を考えていた。なんかそういう本を読んだ事ある気がする。おしゃれをこじらせてだんだんわけが分からなくなっていく少年の心情を語った本が。そうだ、あれは太宰の「おしゃれ童子」だ。

太宰治

早速次の日、本屋へ探しに向かった。松山ケンイチくんが表紙の角川文庫（！）の短編集に入っていたのですぐに購入。自分なりのおしゃれが人に受け入れられず、どんどんわけの分からないものになっていってしまい自分でもそれに気づいているのだが止められない、というのが簡単な内容である。久し振りに太宰の面白自虐芸を堪能した。

せっかく購入したのでお目当ての短編以外も読んでみるか、とぱらぱらとページをめくるとかなり有名な作品ばかりである。太宰を読み直すことは今までにも何度かあった。しかししばらく触れて無いものも多い。これは決して太宰に限ったことではないのだが、なんとなく数年に一回読み直すものとそうじゃないものに分かれてしまうのである。わかりますかねこの感じ。例えば「トカトントン」や「畜犬談」なんかはたまに読み返したくなるのだけれど、「走れメロス」や「駈込み訴え」なんかはなんだか仕掛けが全部わかってしまっているような、一読目で味わいきってしまっているような気がしてどうしても遠避けてしまっていた。

「富嶽百景」もそんな短編の一つであった。

ああ、あの地味なやつでしょ。月見草と見合いの話だ。で最後に被写体はずして富士だけパチリ、の。覚えてる覚えてる。なんて思いながら実に数十年ぶりの名作再読に挑んだのである。

メロスも駈込み訴えもかなり久々に読んだが、とにかく巧い。そして味わいきったと思っていたのは子供の読書舌だからで、地味だと思っていた物語に気づかなかった味わいを発見したり逆に派手な構成の短編の中に静かでエモーショナルな一文を見つけたりとなかなか有意義な時間であった。

そして富嶽百景。やはりこちらの読書力も上がっているのか以前読んだときより何倍も面白かったのだが、その中に長年の謎に迫る驚くべき一文を見つけてしまったのである。それは、

……と、その前に。

久々に富嶽百景を読み直して改めて感心した箇所があるのでその話を。色々と素晴ら

しかったのだがやはりその冒頭である。太宰には鴎外の翻訳作品の解説(とはまたちょっと違うのかもだけど)をした「女の決闘」という小文があるのだが、ここで鴎外作品の書き出しの素晴らしさをいくつも例をひいて讃えている。また、書き出しの巧いというのは、その作者の親切であります、とも言っている。そんな太宰の富嶽百景の書き出しはこうである。少し長いがここに引用しよう。

富士の頂角、広重の富士は八十五度、文晁の富士も八十四度くらい、けれども、陸軍の実測図によって東西及南北に断面図を作ってみると、東西縦断は頂角、百二十四度となり、南北は百十七度である。広重、文晁に限らず、たいていの絵の富士は、鋭角である。いただきが、細く、高く、華奢である。北斎にいたっては、その頂角、ほとんど三十度くらい、エッフェル鉄塔のような富士をさえ描いている。けれども、実際の富士は、鈍角も鈍角、のろくさと拡がり、東西、百二十四度、南北は百十七度、決して、秀抜の、すらと高い山ではない。

『走れメロス』(太宰治/角川文庫)収録「富嶽百景」より

葛飾北斎

いかがでしょう。誰もが知ってる富士山、直接見ても絵画で見ても等しく富士だと即座に認識してしまうはずのその姿には、実際の富士山とソフィスティケートというか脳内補正されたフジヤマと二層あるという指摘からはじまり、その両方の間で富士を美しく思ったり疎ましく思ったりするという揺れ動く思考の流れを予想させる。そしてタイトルが富嶽百景である。こういうのをサービスが行き届いてるというのですね。

それにしても北斎の富士が頂角三十度っていうのは、また極端で良いなあ。まあ今も昔も富士山は日本の顔なわけで、似顔絵っていうのは実物より格好良くスマートじゃなければいけない。そのスマートさに西洋人があっと驚き驚いた拍子に印象派が出来てしまった。漱石は「三四郎」の中で広田先生に「日本が世界に誇れるものは富士山だけであり、それは天然自然にあったもので我々がこしらえたものじゃない」という自虐的な発言をさせているが、この度のユネスコ文化遺産登録という名誉は果たしてリアルの富士山が頂いたのかそれとも似顔絵のフジヤマが頂いたのか。

ところでこの北斎の描いた頂角三十度の富士。おそらく十中八九富嶽三十六景であると見て間違いないだろう。中でも大波に飲み込まれそうな小舟が印象的な「神奈川沖浪裏」と、どんとそびえ立つ赤富士が見事な「凱風快晴」は今でも人気知名度ともに一、二を争うんじゃないだろうか。

実はこの「神奈川沖浪裏」、発表当時とても驚かれたそうなんですね。

もちろんまずはその構図に。これは陸で想像して描けるシーンではない。沖に出て、この高波を一度でも経験しないと描けないはずである。海人は何故これを知ってるかと驚き、町人は海とはこんなに恐ろしいのかと驚いた。

次に瞬間の把握力に驚いた。波が砕け散る、そのほんの一瞬前を捉えている。もちろんカメラの無い時代である。今でこそ我々は波が砕ける瞬間を知っているが、江戸時代の人間が荒れ狂う大海をストップモーションでよく描写出来たものだ。

そしてもう一つ。実はその色に驚いたのである。この時代、意外な事に青い絵の具が無かったという。空も海も青を使わずに表現するより無かったわけだ。それがこの少し前から舶来のベロリン藍というのが輸入されたらしく、ならばと我らが北斎先生、青！

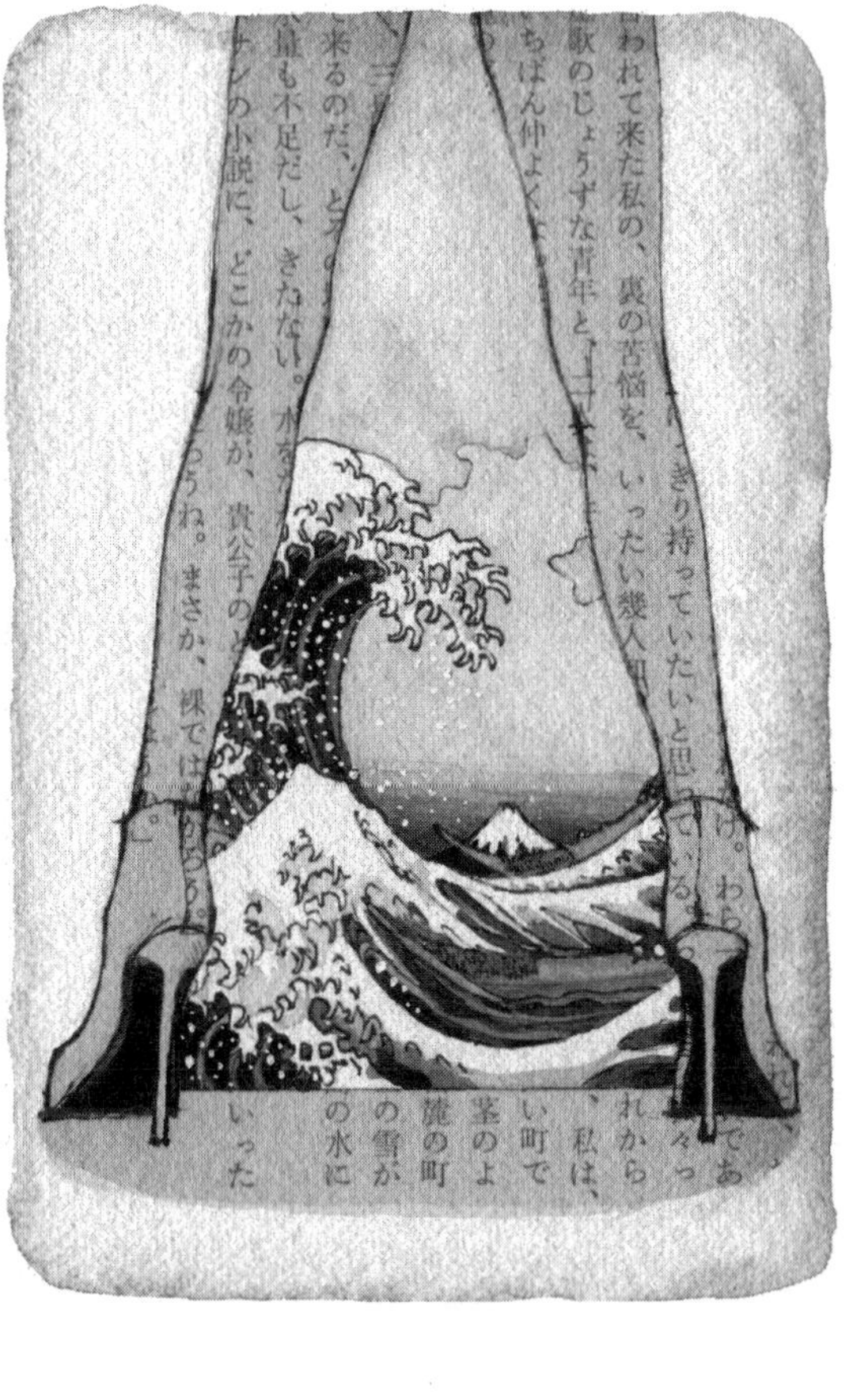

われて来た私の、裏の苦悩を、いったい
歌のじょうずな青年と、
ちばん仲よく
来るのだ、と
量も不足だし、きたない。
ンの小説に、どこかの令嬢が、貴公子の
まさか、裸では
持っていたいと思っている。

青一色で描いてやる！　と発表したのがこの一枚なのである。そう思ってもう一度見て頂きたい。ほんの少しの墨以外は完全に青と白だけで構成されているのが分かるだろう。俺にしか出来ねえ、という如何にも北斎らしいケレン味があって大変格好よろしい。

そういえばスカルノ政権時代のインドネシアではご多分に漏れず海外の音楽が大幅に規制されていたのだが、失脚した瞬間に様々な音楽、それこそアメリカ、ブリティッシュ、ヨーロッパ、クラシカルロックから当時最新の音楽までがいっぺんに入ってきて、その結果何故か世界中が注目するプログレ大国になってしまったという話がある。

抑圧から解放の落差が激しい程、才ある者が名作を産み出すというのは世の常であるな、と改めて感じるエピソードである。

能動的な迷子

神戸

富士山の近くに住むものにとってその姿はどう映るのだろうか。あまりにも堂々と、日本一のたすきをかけたものに毎日見下ろされるという感覚は。

昔から遠出をしたり何か困難をクリアするという際の表現に、「山を越える」というのがある。「一つ山越しゃホダラタホイホイ」という流行歌もあった。富士近辺に住む人間は他県の人々と比べ、ホダラタするのも一苦労であったろう。

我が地元神戸には六甲山というホダラタするのに丁度良いくらいのなだらかな山がある。登山というよりハイキングという言葉が似合うファミリー向けの山だが神戸の人間にとってはランドマークとも言える存在だ。

神戸は山の街である。と同時に海の街でもある。地図で見てもらえればわかるが海と山との間を縫うように東西に長細く伸びている。なので街全体がなだらかな坂になっていて、デパートの出口誘導灯にも山側海側と書いてあるくらいどちらも大変近い。

実際、東京の友人を神戸港まで連れて行った際に「海の方向いたら海だけど、振り向いたらここは山のふもとだ」という名言を頂いた。それくらい狭い所に住んでいたのだなあ。


神戸を離れて文化的なギャップに驚いた事も少なくない。電車とは必ず東西を走るものだと思っていた。阪神電車も阪急電車もＪＲも東西に平行に走っているためだ。南北に走るのは幾筋もの川だけ。どうしても北か南に行きたいならば車かバスか川沿いにとぼとぼと歩くしか無い。あと山は北側、海は南側にあるとインプットされているため日本海側の県に行くと軽くパニックになってしまう。もちろん理解はしているんですよ、でもどうしてもそわそわと落ち着かない気分になってしまうのだ。

おしゃれな街、とよく言われるのは……うーん、やっぱりよく分からないですね。アンテナが壊れているのでこれは仕方が無い。しかし独特な美意識を持った街であるのは確かな気がする。

愛読する漫画「神戸在住」にこんなシーンがある。三ノ宮東急ハンズ前で知らない男性に声をかけられたヒロインの桂のもとに颯爽と現れ、ナンパ男から彼女を遠ざけ助けてくれる親友の「鈴木さん」。そのセリフがふるっている。「神戸でナンパなんせんとって」「大阪か和歌山いき」

思い出補正かも知れないが、少なくとも昔の神戸にはこういうあっけらかんとした上品さがあった。と思う。それとも我が街カワイさだろうか。

司馬遼太郎「街道をゆく」の神戸・横浜編にも、神戸人の地元愛の強さに言及している箇所がある。そうかねえ。極端に愛郷心の強い人は苦手だが、まあ自分の産まれて育った場所ですもの。贔屓目になってしまうのは仕方ないと思うのだが。

なんだかんだで神戸を離れてもう二十年。今でも散歩する時は川と坂のある道を選んでしまう。山と海の狭間で産まれた者は皆そうなのだろうか。

飽き性

散歩が好きだ。飽き性なので、続いている趣味といえば散歩くらいしか無い。あとは読書と音楽鑑賞くらいか。

我ながら驚く程の飽き性である。どれくらい飽き性かと言うと、ちょっと気に入った本があるとその作者の著作物を片っ端から集めてしまう。でとにかく読む。時間が来たら飽きてしまうのが分かっているのでその時が来るまでひたすら読む。そしてある日タイムアップがやって来る。楽しかったブームはおしまいである。再びブームがくるまで読む予定の無い本が今もずらりと並んでいる。

昔はこれがなんだかコンプレックスだった。しかし淡島親子を知ってからは、これも性格だしと少し開き直れるようになった。御存知でしょうか？　明治時代の快男児淡島椿岳《ちんがく》×寒月《かんげつ》親子。画家で趣味人と言われた父・椿岳と、その息子、作家で蒐集家の寒月。この親子は知れば知るほどに面白い。とにかくチャプター名になりそうなエピソードに事欠かないのだ。妾百六十人と言われ道楽に生きた椿岳は絵や漫画で成功したにも関わらず、急に頭を丸めて坊主になって出鱈目なお経をあげたり見世物小屋を開いたりとかなりぶっ飛んでいる。そして息子の寒月はアメリカ人に憧れて髪に灰汁をかけて染めたり青いコンタクトレンズ（？）のようなものを嵌めていたという伝説もある。

もう一回言いますが明治の人ですよ。日本で初めて個人でピアノだかオルガンだかを買った─弾けもしないのに─という逸話を内田魯庵も書いている。幸田露伴や尾崎紅葉に井原西鶴を勧めて再評価のムーブメントを作った、というのは有名な話ですね。これで知ってる人も多いだろう。好事家というか教養人というかとにかく凄い親子だが、その淡島語録に三分間趣味というのがある。「成り行きまかせの気分次第、趣味ってのは三分間で移り去るくらいが丁度いいんじゃない」と意訳するとそんな意味の言葉なんですがこれが昔からとても好きなんである。この親子はとにかく色んなものに手を出したけれど、それは趣味人として粋に生きていただけで結局何かを極めたりしなかった（諸説あるでしょうが）んじゃないか。後年の青山二郎とも通じるような、高等遊民としての生き方ここにありといった感が実にタマラナイ。

そんな訳で今では移り気な自分を肯定できるようになった。自分を鼓舞してくれるのは何故かいつも江戸や明治の人間である。

さて。

そろそろ「鷺崎さん冒頭のフリがまだ回収できていませんよ」とイライラしている人もいるのではなかろうか。いつまでも遠回りして字数を稼ごうとしていませんかと。六千字もとうに超えた今ここに初めて発表するが、今回のテーマはなんと「雑談」なのである。

何となく数珠つなぎ式にダラダラと終わらない打ち合わせを経て、業を煮やした担当から今回はそれをそのままやってみようという提案を受けてこういうチャレンジングな回に相成ったのだ。気づいてました?

迷子音感

思えば散歩にしてもラジオトークにしても目的地を決めずに動きだす事が多い。というか好きだ。どちらもゴールを設定せず、とにかく思うままに右へ左へと進んでいく。その結果自分でも想像し得なかった場所にたどり着いてしまう。で、それが非常に楽しい。「能動的な迷子」と言いますか。大仰な言い方になってしまうが、人生のスタイルそのものがそうであった。人生の曲がり道を気分次第で曲がり続けているうちに、いつの間にかここに辿り着いてしまったのである。

昔からよく迷子になる子供だった。割と決断力のある方向音痴だったし前述の通り飽き性なので、すぐいつもと違う道を行こうとするのだ。学校から家までのあいだ。駅から友達の家までのあいだ。何回も通ったルートなのにほんの少し曲がるタイミングを変えるだけで全然知らない景色が現れる。ひょっとして異世界に来てしまったんじゃないか、パラレルワールドに入り込んでしまったんじゃないかと何度も思い、けれどもその不安とスリルと感動の入り交じった感覚をまた味わいたくて、結局最終的に泣きながら知らない大人に道を聞くという悲劇を繰り返したものだ。

町並みの構造把握能力の無さに絶対的な自信があるため、「現場でちょっと迷うかも」というのりしろを計算して移動するのが癖になってしまった。今でも仕事の現場には一時間くらい早めに到着するのが常である。「時間があるからちょっと迷うか」なんて街を散策したりしている。

方向音痴とは一つの個性であり能力であると言えるかも知れない。左利きと同じで、直すような特徴ではないんじゃないかと思う。逆の捉え方をすれば、「迷子音感が良い」とも言えるし。

という事で以降も書いてる途中、分岐がある度に思いついた方向に行ってしまうのでそこんところ平にご容赦下さい。巨人の解答編は、ラストで。じゃ、続けますね。

歩きながら聴く、聴きながら歩く

散歩する時はだいたい音楽を聴いている。でなければそれ以外の何かを聴いている。太陽や月明かりの下、人ごみやレンブラント光線の中で聴く音楽はその度に色彩を変え何度も聴いたはずの曲も普段とは違うように感じる。耳から聞こえてくる音だけではなく、匂いや温度、風の肌触りや足の裏で折れる枯れ木の感触などが全て音楽に溶け合っていくのである。音楽とは本来、外を歩きながら聴くものだ、という錯覚さえ産まれてくる。

実際、雅楽なんかは特にそうですね。あれは草木の産む音やリズムを表現している(多分)ので森や泉に囲まれて聴くととても心地よい。というか一度その環境でたっぷり雅楽に触れておくと室内で聴いてもイメージ再生がとてもしやすい。

それ以外、というのは例えば落語である。季節の落語を聴きながら街を歩いているとどこであろうといつの間にかそこは「神田の八丁堀」になってしまう。落語に登場する多くの人物や「東海道中膝栗毛」の弥次さん喜多さんもこの街の出身。そしてここは、地図にはない今も特定されない架空の土地なのである。

上方落語だと「綾小路麩屋町」になりますね。略してアヤフヤ。如何にもいい加減でお調子者が集まりそうな町名ではありませんか。

夏には酢豆腐を聴き、冬には二番煎じを聴く。聴きながら歩く。すれ違う人々もなんとなく落語の登場人物のように思えてくる。

だいたいが江戸三百年というのは本当に何も産まなかった。江戸戯作〜落語に至る文学には感動も啓蒙も皆無であった。国家という共同幻想は長編小説の誕生によって産まれた、とは良く聞く説だがそういった意味でも江戸時代日本は国家ではなかったのである。「無為こそが過激……何もしないでブラブラしてるのが本当は一番力技なのよ」と、これは我が青春のヒーロー「迷走王ボーダー」の主人公蜂須賀氏の言であるが、あっけらかんとお目出度くいきていた(というのは現代人の決めつけかも知れないけれど)江戸庶民、その強さとしなやかさにはいつも憧れの視線を送ってしまう。

柳、やなぎで世を面白う　／　うけて暮らすが命の薬
梅にしたがひ、桜になびく　／　其日、そのひの風次第
虚言（うそ）も実（まこと）も義理もなし

故・杉浦日向子女史の著作からの孫引きであるが、江戸後期に流行ったというこの句をいつも心の中で口ずさんでいる。

記憶の陰影

遅読のすすめ

落語から日本の話芸文化に興味を持ち浪曲や講談も聴くようになった。元々宮川左近ショウや玉川カルテットのファンでもあったし、何よりもグループがファンキーなので案外スンナリと心地よく入ってくる。特に京山幸枝若なんかは最も再評価の望まれる人物だと思いますね。初代も二代目も。

あと、圧巻だったのは三波春夫。歌謡浪曲というのは色々と誤解されがちなジャンルであるがとにかく一度「俵星玄蕃」だけでも聴いて欲しい。古いとか新しいとかそういう事ではなく伝統というものの底力、恐ろしさ、凄みみたいなものを改めて痛感するだろう。

同時期に朗読ＣＤも買い始めた。友部正人や真島昌利が参加したポエトリーリーディングの音源なんかは聴いたことがあった。しかし小説の朗読CDを買うのは初めてである。正直、まさかドップリとハマるとは思わなかった。何故か。

自分もそうだが、往々にして本好きという人種は量を読みたがる。あれもこれも読みたいもんだからおのずと読書スピードも上がってしまう。中には「読むのが早い」ことを自慢したがる者までいる。それはそれでスキルと呼べなくもないけれど。求めて手に入れたものならば。


書評家の山村〝狐〟修に「遅読のすすめ」という著作物があって、要するに我々読書デブに対して「良く噛んで読め！」と言っておられる。分かってるんです。分かってるんですけども。

朗読CDは当たり前だが喋るスピードで物語がすすむ。新鮮であった。これが恐らく作者が望む速度なんじゃないか。例えば一度読んだことのある作品からも「こんな一行があったのか」と改めて気づく部分がある。何故前には気づかなかったのか。早く読んだからだ。

同じ作品でも読み手によって印象がグッと変わるものもある。どの作品を誰に読ませるのか、というのは企画の肝とも言えるのでその辺りもこだわりだすとなかなか面白い。岸田今日子朗読の向田邦子作品ＣＤなんて見つけた瞬間に思わず親指を立ててしまった。寺田農の春琴抄には谷崎特有のねっとりした感じがあるし、森光子の田口八重はしっとりと上品で京の街を歩いているような気分になる。読み手の人格が乗ってくるのが良いんですね。ジャズ好きで有名な藤岡琢也の読むペコス・ビルなんかはやはりとてもスウィングしてる。

かつて読書とは音読のことであった。ヨーロッパでも東洋でも皆声に出して書物を味わっていた。もちろん黙読という文化がなかったとは思わないが文字がもっと音符に近く、本が楽譜に近かった時代はそう遠くではない。カフカもサロンで自作をよく朗読していたという。しかもみんなでゲラゲラ笑いながら。

カフカ

初めて聴いたとき、「変身」を読んでのエピソードだと思っていた。「虫って！　あり得ねー！」「死因リンゴかよー！　ガハハー！」みたいなやりとりを想像して本人は喜劇のつもりで書いたのかと勘違いしていたが、これは「審判」の第一章のことだったらしい。確かにユーモラスな部分もあるけれど。カフカの親友であり偉大なる裏切り者マックス・ブロート（カフカは自分の死後、未刊であった「城」「アメリカ」「審判」等の原稿をすべて焼却するよう彼に頼んだが、約束を破ってそれらを公にした）の著作「フランツ・カフカ」にもこう書いてある。「われわれ友人たちは腹をかかえて笑ったものだ。そして彼自身もあまり笑ったので、しばらくのあいだ先を読みつづけることができなかった」

細かいリアルなニュアンスなんかは想像で補うしかないが、なんだか仄かに青春を感じます。短命でもあったし生前は決して評価の高い作家ではなかったためどうしても不幸な印象を持ってしまうがその人生にはこういう弾けるような明るいシーンもあったのだ。当たり前だが。

ところで、カフカが最初の短編集「観察」を刊行するのが１９１２年。その前年の１９１１年４月から一年三ヶ月間、アインシュタインがプラハに滞在していたという。そして当時のプラハ知識人の溜まり場であったサロンに頻繁に出入りしていたという記録が残っている。文壇デビューを来年に控えた若き新進作家カフカももちろんこのサロンに顔を出していた。ひょっとして、後年実存主義を違う形で支える事になる二人の天才はここですれ違っていたかもしれない。他愛のない想像に過ぎないですがこういう「if」にはやはりワクワクしてしまう。夏目漱石とコナン・ドイルとか。ラフカディオ・ハーンとマーク・トゥエインとか。

実存主義と聞いて真っ先に頭に浮かぶのはやはりサルトル、次いでボーヴォワール。おそらく世界で最も有名な夫婦だろう。

二人の唱えたその新しいイズムが当時どのような衝撃どのような感動をもって迎えられたのかは想像で補うしかない。とにかくあっという間に各国に拡散し第二次大戦後の日本人にも多大な影響を与えた。パリという小さな街から発信された新思想が世界中を席巻したのである。

二人が文学的青春を送った1920年代、パリは世界の中心であった。ランボー、スタイン、エリオット、ジョイス、ピカソ、モディリアーニ、シャガール、ダリ、その他数えきれない程の芸術家たちが交錯し、刺激を与え合っていた。そしてもちろん、ヘミングウェイ。フィッジェラルド。

風貌も作品も異なる二人は共によく語り合い、酒を飲み、旅に出た。フィッツジェラルドの妻ゼルダが、その関係を疑う程の親密さであった。

基本文系ミーハーなのでこの二人の逸話が大好物なんである。アイドルの○○くんと○○くんがオフを一緒に過ごしたらしいよキャー的な興奮がある。とくに好きなのがフィッジェラルドが男性器の大きさについてヘミングウェイに相談するくだり。どれ見せてみな。全然大丈夫だよ、上から見るから小ちゃく見えるんだって、鏡使って横から見てみなよと助言するヘミングウェイ。中学生か。未読であれば是非「移動祝祭日」という名作をおすすめしたい。

酒と文豪

ヘミングウェイは酒好きでも知られている。とくにモヒートとフローズン・ダイキリをこよなく愛した。「おい、フローズン・ダイキリをもう一杯作ってくれ。もちろん砂糖抜きでな」という台詞は文学史上最も有名なオーダーではないだろうか。本来ライムを入れるところをグレープフルーツにし、砂糖を抜き、ラム酒をダブルにしたヘミングウェイのオリジナル・カクテル、これを彼の愛称であるパパ・ヘミングウェイにあやかって「パパ・ダブル」と呼ぶ。是非お試し頂きたい。バーテンはうんざりした顔するでしょうけどね。

ヘミングウェイの愛したもう一つの酒がアブサンである。とにかく強くて頭を麻痺させると言われた伝説の酒。しかし同時に感性やインスピレーションを引き出す霊酒として芸術家に愛飲された。これは、アブサンに含まれるニガヨモギの主成分であるツヨンにマリファナに似た幻覚作用があるためである。ちなみにニガヨモギの花言葉は「不在」。故にこのリキュールは時に存在しない酒と呼ばれた。パリ狂乱の時代を支えた伝説的カフェ「ドゥ・マゴ」においても流行し、サルトルも愛したという。実存主義の旗頭は不在の酒を好んだというわけだ。

オスカー・ワイルドはアブサンを飲むと床からチューリップが生えると言った。ランボーはこの酒を「美しき狂気」と呼び、ヘミングウェイはシャンパンと混ぜステアしたものを「午後の死」と名付けた。他にもゴッホやヴェルレーヌ、ロートレックなどこの酒を愛した偉人は多く存在するが、日本にもアブサニストだったんじゃないかと噂される文学者がいる。「飲み残した一杯のアブサン。自分は、その償い難いような喪失感を、こっそりそう形容していました」という一文を覚えている方もいるだろう。これは人間失格からの一節。作者はもちろん、太宰治。

再び太宰治

太宰治かレディー・ガガかどちらかに再登場して貰わないと幕がひけないところであったが、ここでやっと輪が閉じた。無計画に思いつきで曲がり続けた小道が、奇跡的に出発地点に繋がったのである。長らくのお付き合いありがとうございました。お忘れの方もいるだろうからもう一度説明しよう。富士に腰かける大巨人。そしてたまたま読んだ「富嶽百景」の中に、長年かかえていた謎の答えが見つかった。ここからは解答編である。

ある日、太宰は甲州甲府御坂峠の宿屋にこもって仕事をしている師、井伏鱒二の所に陣中見舞いに出掛けた。ここは富士三景の一つにかぞえられているそうで仕事が一段落ついたタイミングで二人富士見に出掛けることにしたのだが、苦労して頂上に辿り着いたところ濃霧で一向に富士が見えない。

「井伏氏は、濃い霧の底、岩に腰をおろし、ゆっくり煙草を吸いながら、放屁なされた。いかにも、つまらなそうであった」

思わずあっと声が出てしまった。そうか。これだ。なんとダイダラボッチの正体は、井伏鱒二だったのだ。何故今まで気づかなかったのだろう。着物を着せ眼鏡をかけさせたら井伏そのものじゃないか。月見草やカメラなんかの印象的なくだりに誤魔化されていたが、脳の奥底ではこの一コマを何故か強烈に記憶していたのである。

このシーンと富士山という言葉が乱暴に引き出しにしまわれたため（そしてダイダラボッチ伝説とミックスされたため）、富士に腰かける大男という奇妙な一枚絵が出来上がってしまったのだろう。井伏＝山椒魚という雑な認識も、哲学的で得体の知れない巨人像に拍車をかけたのかもしれない。

記憶とは、脳みそとは、なんと面白いことをするのだろうか。

これにはどんなパズルもクイズも敵いはしない。そしてどんなミステリーのどんな名探偵でもこの謎にはお手上げだろう。なにせ、灰色の脳細胞が事件現場なのだから。かくして富士山と巨人の謎はレディー・ガガという補助線をひくことで見事解決に至った。

至ったのは良いのだが、しかし何故か一抹の寂しさを禁じ得ない。

謎が謎のままであったとき、巨人は怪異であった。なにかのきっかけで笑い出すかもしれず、また暴れだすかもしれなかった。自分の無意識が必要とし、日常を破壊する為に産んだリヴァイアサンであるかもしれなかった。しかし最早その可能性はゼロである。何故なら彼は巨大な井伏鱒二なのだ。人が良く、面倒見の良い、ちょっと「美味しんぼ」の京極さんに似た、死んだ小説家である。手品のトリックを暴いた快感と、魔法ではなかったんだという失望感が同時に去来してしまう。

しかし、である。今やとっくに四十歳を超え、脳は日々劣化していくばかり。この先何度もこんな脳内クイズが出されるだろう。大谷崎は日本家屋の陰影に利便性を越えた美しさを見た。光と影が産み出す陰影の綾にこそ、エンターテイメントが宿ると。ならば脳内の蛍光灯も消して、記憶の陰影を楽しむのも一興ではないか。忘却も混乱も恐れることはない。美は乱調にあり、である。

てなわけで、三題噺「富士山、巨人、レディー・ガガ」ひとまず幕でございます。お粗末。

十代の自分に如何にして友達が出来たのか、
または出来なかったのか

タンスだよ

生まれ育った場所

兵庫県神戸市にある、御影と言う小さな町に産まれた。そこが世界の全てであった。

国道沿いの、小さな賃貸マンションに住んでいた。北を向けばすぐ山があり、南を向けばすぐ海がある。神戸の文化圏は山側と海側でなんとなくセパレートされており、山側はその名のとおりいわゆる山の手。特に御影山手は高級住宅街として阪神間でも有名で古くからの豪邸が今もなお数多く点在している。

海側はなんというかその反対という表現で察して頂ければと思うが人も家も商店もつつましいというか奥ゆかしい佇まいで、海風の中に下町特有の埃っぽさが混ざっていた。

幼い頃、なんとなく家の前を通る国道二号線を境にして、ここまでが御影、これ以上北に行ったら御影山手と決めつけていた。海側文化圏の国境警備隊のような心持ちで、勝手に山手に対する敵対意識を育んでいたのである。

大人たちはそうでもなかったのだろうが、小学生は学区が細かく別れているため山側×海側の交流というのは極めて少なかったように思う。その無知からくる得体の知れないものに対する恐怖と、おそらく「ドラえもん」とか「じゃりん子チエ」あたりから培った金持ち→嫌なヤツという図式から、山手族に対する敵愾心はつのるばかりであった。

毎日見上げる山手の住宅街の中に、ポッカリと緑のひろがる場所がある。一体なんなのかといつも思っていたのだが、それがゴルフ練習場だと兄から教えられた時の驚きは今でも覚えている。

ゴルフ！　山手の人間はゴルフをするのか！

ゴルフをする人間＝日本のドン（池上遼一タッチの）みたいな印象があったためか、まるでソドムの物語を聴いた時のように感じた。産まれて初めて、「オノレ」と呟いた。

どこもそうなのだろうか、わが母校御影小学校ではいつも毎週月曜日の朝に全校朝礼が行われた。校舎の前に朝礼台があり、生徒たちはいつも校長先生、校舎、そしてその向こうにある六甲の山々を見つめながら校歌を歌っていた。

御影わが町　山青く
水清らかに湧くところ
この庭に　光あふれて
新しき　樹々は生いゆく
たくましく　心すなおに
いざ　伸びゆかん
御影の子　われら　われら

（神戸市立御影小学校校歌より一部引用）

山手の人間よ聞こえるか！
貴様らがゴルフをしステーキを食べ大理石の風呂に入り享楽にふけっている間、我々はたくましさと健やかさをのばしているのだ、あの樹々と同じく！
と、U2のように、ボブ・マーリイのように（もちろんその時はその名前すら知らないが）まるでアジテーションソングを歌うみたいに熱唱していた。

何故そこまでの感情が産まれたのか？　これはまあ教育によるものが大きいだろう。何かおもちゃや本などをねだる度にウチハビンボーダカラと言われ続けたことが主な原因であると思われる。みんながみんな同じようにビンボーであれば話も違ったのだが、近くに比較対象があった、というのが少年時代の自分に大きく影響した。しかも前述の通り、実際の山手の生活は知らないのである。想像力の貧困な少年にとって、山手とはもうほとんど「アメリカ」であった。屋根のない車を乗り回し、シェパードを飼って、毎日パーティをしていると思い込んでいた。

遊び＝野球？　ファミコン？

では当時われわれ海側の子供たちは何をしていたのか？　椎名誠や泉麻人や井上ひさしやまあそういった方々のいわゆる下町少年日記的なものを読むと、ほぼ九割の確率で野球をしていたと書いてある。そして戦後経済成長のあおりで、町中から空き地が消えていったことを憂いていらっしゃる。しかし昭和五十年前後辺りに生まれた人間にとって、野球は「少年野球」に入っている人たちのものであった。つまり、道具をキチンと揃えられないと仲間に入れないのである。なんとなく木の棒で松ぼっくりをひっぱたいたりしながら少しずつ興味を持って、という流れはほとんど無くなっていたと言って良い。「ちゃんと」野球をやりたい人間以外には、あまり門戸の開いているものではなかったのである。

うちの場合、親が野球に興味が無かった、というのも大きい原因だろう。テレビで野球を見た事は一回も無いし、未だにルールも球団名もおぼろげである。というか親の好きなエンターテイメントの伝染、というのは我が家においては一切無かった気がする。音楽然り。スポーツ然り。だいたい家にみんな居なかったし。父親は仕事で毎晩帰りが遅かったし、母親もおばちゃん仲間同士で点字やヨガなど習い事に出掛けることが多く家族全員で「いただきます」することも稀であった。家族全員B型なんだよ、という話をする時に良く使うエピソードである。

ゲームも無かった。ファミコン全盛期であるのにである。こればっかりは海側山側に関わらず同年代ほぼ全員持っていたと言っても過言ではない。しかし買ってもらえなかった。と言うより今思い返してみると買ってもらわなかったという方がより正確かもしれない。第一、買ってくれとせがんだ記憶がない。これは最初から諦めていたのかそもそもそんなに興味がなかったのか。もちろん友達の家に行くと触らせてもらったり触らせてもらえない場合は後ろから眺めたり復活の呪文を一生懸命書き留める役を買ってでたりとかはしてたのだけれど、なんだかあまり会話にならないなあせっかく遊びにきたのに、と思っていた。あくまで今思い返すとだが、すでに遊び＝会話であると思っていたフシがある。

息が吸えなくて苦しくなるほど笑った

同級生とも遊んだが、やはり一番時間を共有したのは三つ上の兄だろう。弟とは兄の所有物だったのでコレは当然と言えば当然である。正確に言うと兄と兄の同級生のしんちゃん、その弟のゆうちゃん、幼なじみのけいちゃん。この五人で一緒に過ごすことが多かった。しんちゃん宅にもファミコンがなかったため、毎日まず何をして遊ぶか？がとても重要な会議事項だった。

毎日下らないことばかりしていた。探偵ごっこと称して、見知らぬ人をただ尾行したり。暗くなってお腹がすくと終了。ずいぶん健全な調査活動である。夏休みに暇だからという理由だけで、電柱に逆さ吊りされたこともある。あれ、痛いんですよ皆さん。足首だけでなく、ちゃんと全体にロープを這わした方が安全です。そんな中覚えているのは、俳句ごっこである。五、七、五。上の句中の句下の句を思い思いに書いて、それを混ぜる。混ざった紙をランダムにひいて、偶然出来上がった奇妙な俳句を楽しむという遊びである。

小学生にしては高度な遊びと言えるだろう。何故か強烈に覚えているのは「明日からテレビの中の　タンスだよ」という句で、もう人生でこんなに笑った事は無いんじゃないか、というくらい笑った。どうする明日からタンスやで！　でもテレビに出れるやん！　芸能人にも会えるかも！　でもタンスやねんで一生！　なんて言い合いながら、涙とかよだれとか垂らしながらヒイヒイ言って笑い合った。このまま誰かおかしくなってしまうんじゃないかと思った程に。一回落ち着いても誰かが不意に「……タンスだよ」と呟く。そのたびにまた爆笑が蘇る。そのうちしんちゃんがそばにあったタンスの引き出しをカパカパやって、「タンスだよ〜」とおどけ始める。息が吸えなくて苦しくなるほど笑った。笑い過ぎて漏らしそうになったのはその時が初めてである。この瞬間のことを、一生忘れないと思った。事実今でも覚えている。まるで一番甘くて一番綺麗なあめ玉を、噛み砕いてみんなで分け合うような気持ちがした。多分小学二年か三年の記憶である。大げさに言うと、あの時のあの感じ、あのどうかしちゃってる快感をもう一回味わいたくて今でもラジオで喋っているのかもしれない。

小四になった時に兄（およびしんちゃん）が中学にあがり、少年たちの蜜月期は終わりを迎える事になる。部活動で忙しくなったのと、やはり中学生にも関わらず小学生と遊ぶという行為に気恥ずかしさもあったのだろう。徐々に、というよりは急激に距離が離れて行った。なんだか突然ひとりぼっちになったような気がした。

同級生たちとももちろん遊んでいたが、あの「タンスだよ」を共有した仲間でない。「タンスだよ」がやりたくてみんなを誘導するものの、やはり上手くたどり着けないのである。それはセンス云々という気取った話ではなく、きっと大げさに言うと奇跡を同時体験したかどうかという一点なのだろう。

ショートショート

だんだんと一人で家にいることが増えてきた。そんな時に出会ったのが、星新一である。

中学にあがった兄が、「面白いモン聴かせたろか」と学生鞄から国語の教科書を取り出し、その中の一編を朗読しはじめた。その時の感動をどう表現したら良いだろう。主人公も敵もいないしバトルも変身もしない、こんなにへんてこな物語は初めてだった。ワクワクとかドキドキはしたことはあるけど、この、なんだろう、ザワザワする感覚。女の人の裸を見るような、お腹の中が不安定になる感じがしたのだ。

星新一っていうねんで、と兄は自慢げに言った。オモロイやろ、と。

その極めて短い一編、「おーいでてこーい」を読んだ日から、突然読書少年になってしまった。

といっても読むのは星新一ばかりである。とにかく手当たり次第、買えるものは全て買った。あんなに古本屋に出入りしていた小学生も少ないだろう。町のバザーなんかで十〜五十円くらいで手に入れたものも多かった。「知的でユーモアがある」ということが、とても刺激的だった。この向こうにあの「タンスだよ」があるかも知れないと思っていた。例のタンス・エクスタシーをどこかで高度な知的快感からくる興奮だと認識していたのだろう。どこが知的だとお思いの方もいらっしゃるかもしれない。しかし最後の一行でそこまでの意味が全く変わったり世界が反転したりするショート・ショートと、五七五という無意味な言葉の羅列に突然風景や物語が産まれる感じは自分の中ではかなり近しい感覚だと認識していた。

一年程たち、近所で手に入る星新一作品はほとんど読破してしまった。そろそろ何か他の本に手を出したいと思ってはいたものの、体が短編に馴染んでいるので長い物語を読む自信はまだない。なにか短くて面白そうなものを、と近所の本屋で色々と物色した結果、眉村卓の「ふつうの家族」という本をレジに持って行った。

とても不思議な本である。ショート・ショートとはうたっているが決まった登場人物が中心になった連作であり今まで読んでいたものとは全然違う。鬼や宇宙人や異世界のものが頻出するが、悪意や敵意というより何を考えてるのかわからない不気味さに満ちている。フリがあってオチがついて「成る程！」と膝をうつようなものではなくなんとなくすっきりしないような不思議な読後感で、読んだ後なんだか世界を信じられなくなるような、今居る世界は本当に自分が思っているもので構成されているのだろうかと不安になるようなそんな本だった。

起承転結の面白さばかり追っていたのでこれにはかなり面食らった。しかし、このワンダーはなんだかタンスだよに通じるものがある。世界がぐんにゃりと曲がっていく、そしてそのひだに飲み込まれていく感覚。

それ以来今度は眉村作品ばかりを貪り読んだ。と言ってももちろん短編だけだが。そしてまた一年程経過したある日、筒井康隆作品にとうとう触れてしまうのだ。

最初に読んだのは「笑うな」という短編集。その中に「産気」という作品があり、これはもう読んでもらうしかないが「そんなのあり？」と思った。なんだこりゃ、と。これはちょっとあまりにも読者を馬鹿にしてないか。面白かったらなんでも良いのか。こんなにふざけてていいのか！　……いや、いいのか。そう思った瞬間にもう筒井ワールドにどっぷり嵌っていた。本とはこんなにもなんでもありなのか、と感動したのである。

かくして小学校の後半の三年間は主に読書に費やした。そしてある日六年生のある日ＲＣサクセションに出会い音楽と文学の世界に一人どっぷりと浸かっていく。

TとK

未知との遭遇

そんなひとりぼっちの生活が一変するのは中学に入ってからである。今までは違う学区で出会うことも無かった者同士が入学を境に突然机を並べ生活をともにするクラスメイトになった。もちろんその中には山手の人間も数多く含まれる。そう、あのにっくきリッチ・オン・ザ・ヒルの面々と。

想像するだけの期間が永かったため、脳内でそれらはもう富豪モンスターになっていた。総金歯で$マークの制服を着ていると思い込んでいた。しかし入学式の当日、どこを見渡しても同じ制服の生徒しかおらず、近くに執事もスポーツカーも象も見当たらない。発表された自分のクラスに行くと同じ小学校出身の知っている人間がちらほらといてホッとしたような気持ちで顔見知り同士固まっていると、教室内でもういくつかのグループが出来上がっている。どうやらそれらは全て、同じ出身校同士のコミューンであるらしい。なんだか今思うと当たり前の話であるが、皆自分と同じく無知で未熟で、新しい環境に対して怯えている少年少女だったのである。

恐る恐る接してみると、若干持ち物やエンゲル係数に差を感じることはあっても大幅に貧富の差を感じる程には違いが無いこともわかった。もちろん一部には強烈な金持ちもいたが、同じテレビを見、同じ漫画を読んで育っているわけで一冊百万円もするジャンプを読んでいるわけではないのである。そしてその時、山手出身のとある少年からこう言われたのだ。

「なんや、ミカショー（御影小学校）の子ぉらて、もっと怖いと思てたわ」

どうやら我々御影小学校の人間は荒くれ者の集まりだと思い込んでいたらしい。小学生なのにバイクに乗ってる人間がいたり、窓ガラスも綺麗に残っているのは校内に一枚も無いなどと噂されていたとのこと。向こうにとってもこちらは未知の存在だったのだ。かくして今まで敵国だと思い込んでいた地域にも頻繁に足を運ぶようになり、生活地図はぐっと広がった。何事に於いても相互理解にはまず直接触れあうことが一番大事だと思うに至った経験である。

「特別」を共有する誰か

中学時代はTとKという二人の友達とほぼ毎日のように遊んでいた。Kは（とこう書くと「こころ」みたいですね。女をとりあったりしないしもちろん自殺もしないのでご安心を）山手組、Tとは小学校から一緒であったが中学にあがってから急に仲良くなった。どちらも等しく勉強ができ、Tは野球部でスポーツ万能、Kはカリスマ性が高くみんなから慕われる存在。勉強もスポーツもダメで、存在感も乏しい自分が何故彼らとつき合うようになったのだろう。

それだけではないだろうが、多分音楽によるところが大きいのではないだろうか。12歳頃から急に音楽的趣味に目覚め、中学にあがると同時にレコード収集が趣味になった。ちなみに中学入学が86年。その年のビルボードのチャートを調べてみるとまず1位が、ディオンヌ・ワーウィック&フレンズ「愛のハーモニー」

で、名曲ではあるものの中学生の心に訴えるには地味か。以下、

2位　ライオネル・リッチー　「Say You Say Me」
3位　クライマックス　「I Miss You」
4位　パティ・ラベル　「On My Own」
5位　Mr.ミスター　「Broken Wings」

と見事にバラードだらけである。他にも、

ピーター・セテラ　「Glory of Love」
シンプル・マインズ　「Alive and Kicking」
アトランティック・スター　「Secret Lovers」

など、ニューウェーブの波もいったん収まって、ＡＯＲよりのヒット曲ばかり。決して

悪い訳じゃないけど、思春期のハートを熱くするムードには少し欠けていると言わざるを得ないだろう。邦楽に目を向けると、ヒットしたのは少年隊、中森明菜、石井明美など。バンドブームが起きるのはまだちょっと先で、アイドルソングが主流だった。アイドルソングももちろん好きだったけど、その頃には前述の通りRCサクセションに夢中だった自分は、他人から見たら「ヒットソングじゃない、自分だけの音楽を知っている」人間に見えたのではないだろうか。いや、事実そう見えたはずだ。何故ならそう見えるように振る舞っていたのだから。

誰とも共有しない、共有という安心を求めない「自分だけの好き」を持っているということは「自分だけのルールに従って生きている」ということだ。格好いいでしょう、コレ。その頃買った生島治郎「ハードボイルド風に生きてみないか」にそう書いてあったのだ。しかし何故その本を手に取ったのだろう十三歳の自分は。誰かに格好いいと言われる生き方を模索しているの丸出しで恥ずかしいじゃないか。とにかく音楽的にはF・マーロウを気取っていた自分は、孤高でしょう孤高って言って！　と孤高を認められたい、誉められたいビームをバンバン出していたのである。どこがハードボイルドだと我ながら情けないが、そこはそれ中学生ですから。ホホ笑ましく感じてあげてくださいね。

　大仰な言い訳をしてしまったが、ＲＣが好きだったのはポーズでもなんでもなく本当だった。でも子供にとって他人と共有しない趣味を持つとはとてつもなく特別なことなんである。それこそ自意識を自意識で塗り固めたみたいな時期ですし。分かりますよね。分からないとは言わせない。


　かくしてＴやＫから「わっさん（当時こう呼ばれていた）音楽めっちゃ詳しいんやろ」「なんかカッコええの教えて」と問われる度に内心ニヤニヤしながらも「漠然と格好いい音楽なんて無いんだよ。どんな音楽が好みなんだい？」と見えないカイゼル髭をピンと撫で付けながら答えていた。そのうち音楽担当として一目置かれるようになり、ボブ・マーリイやキンクスやオーティス・レディングなんかが御影と言う小さな町にある中学校の教室の一角で、超局地的なブームになるのである。

　自分一人で楽しんでいたものを他人に教える。そこには少し勿体ないという気持ちが混ざりながらも、やはり「特別」を誰かと共有するという快感もある。とは言えクラスみんなが知ってってはダメで、仲間内だけの所有物でなければいけない。基地みたいなものですかね。閉じた世界で「特別」を確かめ合う、これこそが仲間なのだな、とぼんやりと感じていた。これはあれだ、「タンス」にとっても近いかも、と。

あの頃、TとKに出会わなかったら

産まれて初めてのライブもこの三人で行った。憂歌団を見に、神戸チキンジョージへ。今のチキンジョージに慣れてる方には信じられないくらいの狭さで、ステージのある飲み屋、と言った方が近いかもしれない。椅子と机があり、煙草の煙とアルコールの匂いが充満している。ヨッパライの常連客がひしめく中、緊張と恐怖で我々は最後まで椅子には座れなかった。

毎日遊んだ、と書いたがTもKもそれぞれ野球部とバレー部に所属していたため、放課後にわざわざ待ち合わせて遊んだ、ということはあまり無かったかもである。休み時間になんとなくダラダラと集まっては下らない話、例えば女性器の話とか男性器の話とか女性器の話とかをしてケラケラ笑っていた。思えば最初からあの部活動というヤツがどうも苦手というか不思議というか一体何故みんなしてなにがしかの部に所属していたのかが良く分からない。授業が終わっているのに学校に残るというのがどうしても理解出来なくて当然のように帰宅部選択だったのだが、途中で退部する人間は毎年一定数いるものの最初から部活自体に入らないというのは学年でただ一人、もっと言うと数年単位のデータで見ても唯一だと担任に言われた。お前だけだぞ、何故部活に入らないのか、と学年主任にも言われたがこっちにしてみれば何故部活に入るのか、と問いたいくらいだったので「4時ですよ〜だ」と「夕やけニャンニャン」が見たいからです、と答えた。なんて素朴で力強い答えだろう。あきれた顔でその場を立ち去られた。その後どの先生からも部活動に勧誘されることは無かったので年齢や立場を超えて純粋な思いが伝わったのだと信じたい。

もちろん、たまにはお互いの家に遊びに行った。Kが家に呼んでくれた際、ウォシュレットというものを初めて経験しびっくりしたのを今でもお尻が覚えている。二度目に用を足しに行った時、この「ビデ」というボタンは一体なんだろうと試しに押してみた。しゃがむ前に、である。洗浄水が勢い良くこちらに噴出され、思わず手で止めてしまった。パニックになり「K！　K！　助けて！」と叫ぶ。急いで駆けつけ「止」ボタンを押してくれたKに対し恥ずかしさと焦りで「ちゃうねん……押したワケじゃなくて……うっかり当たってもてん」と何だか意味の分からない言い訳をしてしまった。濡れた床をトイレットペーパーで拭きながら、これはおしっことちゃうから！　大丈夫やから！と何故か怒ったみたいに言って、そう言えばまだ用を足してない事に気づいたがこの上更にもう一度トイレを借りるのはあまりにも情けなく、急いで家に帰った事がある。改めて山手って凄いなトイレにコンピューターが入ってるのかなんて思ったりした。そんな愉快な思い出もあるが、みんな比較的うちに集まる事が多かったと思われる。レコードのアーカイブが多かったのと、共働きであまり家に大人がいなかったためであろう。ジャニスやドアーズ、ブルースの名盤なんかを聴きながらこっそり家にあるお酒を飲んでみたりした。ジョン・リー・フッカーの「One bourbon One scotch One beer」が流れる中、水で極力薄めた梅酒を飲み干し、なんてブルージーな中学生なんだろうと悦に入っていた。

夢を語ったり、悩みを打ち明けたりしたことは一度もなかった。「悩みがある」という状態に憧れて無理矢理作り出した不安を人に語ることはあっても、この三人の間では皆無だった。

あの頃、TとKに出会わなかったら一体どうなっていたのだろう。学力の違いもあり、当然のように違う高校に進学することになるのだが、この中学時代が無かったらその後三年間続く「暗黒の高校時代」は乗り切れなかったかも知れない。ひたすら机と床だけを眺め、帰りにどのレコ屋に寄るか、どの古本屋を覗くかだけを考えていた。アラン・シリトーの「長距離走者の孤独」にシンパシーを感じ、いつも鞄に入れていた。そして偶然、少年はギターに出会う。

開き直る理由など

タンス・フレンド

TやKが近くにいたらあんなにもギターに没頭しなかったかもしれない。これは今でもよく言うことだが、とにかく早く楽器が上手くなりたいのなら友達と遊ばないことと、ゲームをやらないこと。偶然にもこの二つが楽々クリア出来る環境にあったため、我ながら驚くべき早さで上達していった。

時はまさにバンドブームである。少しでも楽器ができたら名前も知らない同級生上級生にお誘いを受けるのが当然と言った時代にしかし誰からも声をかけられなかった。何故か？　もちろんギターが弾けるだなんて誰にも知られてなかったからである。友達が作れないんじゃない、あえて作らないのだと堂々と孤立していた。そんなある日、兄のバンドやるぞ！　の一言で急に新しい仲間と巡り会うこととなる。

兄とは例の星新一の頃からずっと疎遠だった。しかし、修学旅行の初日に盲腸で入院した時の病室エピソードが割と面白かったという理由で急にまた兄弟の仲が近くなっていく。健あの話してえや、と何回もせがまれ剃毛時の興奮と情けなさ、看護婦（看護師ですか）さんへの淡い恋心や同室だった病気自慢の患者の悪口などを何度も披露し、その度にキャッキャと笑ってくれ、それが嬉しかった。兄弟、というよりは久々に親交の復活した友達という感じだった。何よりもタンス・フレンドである兄からまた遊びに誘われた、というのがちょっとした感動でもあった。

バンドメンバーはみんな兄の同級生。当たり前だが年上だらけである。とにかく可愛がってもらった。学校では話しかける相手もいないのに、スタジオに入れば大人たち（当時はそう見えた）が一緒に遊んでくれるのだ。それはもう、誉められたい一心でせっせとギターを練習した。

部活動をしていなかったため、誰かと何かを成し遂げる、その為に努力するというのも初めての経験だった。いやもちろんクラス対抗の合唱会みたいなのはありますよ。ロパクパクしてただけだけど。そういうんじゃなく、お互いの信頼と責任の上に成り立った遊び、というのが初体験だったのだ。

基本的にブルースバンドだったので各メンバーが演奏するフレージングも毎回ちょっと違う。うまくバチッとはまったら格好いいしお互いのプレイに刺激されてとんでもなく良い結果が出るときもある。その反対にどんずべってどうしようもないときもある。それがとても刺激的だった。我ながらあっと驚くようなフレーズが飛び出したりして、しかしそれを次に同じようになぞって弾いてもちょっと何かが違ってしまう。心のどこかがさめてしまう。きっとこのエモーションの再現性を常に保てるのがプロフェッショナルなんですね。が、メンバーはいつもその一か八かのギャンブルばかり楽しんでいた。

蘇る「タンスだよ」の高揚感。想像もしてなかった場所へのトリップ。スライ&ザ・ファミリー・ストーン風に言うとタンス・トゥ・ザ・ミュージックである。あーあ、言っちゃった。どうしようか悩んだんですけどね。しかしこれ以上にピッタリくる表現も無いから仕方ない。凡庸な駄洒落の向こう側にあるグルーブみたいなものをなんとか味わって頂ければと願うばかりである。

上手いんだか下手なんだかさっぱりわからないバンドだった。きっともっと「上手い」バンドになる方法はいくらでもあったと思う。しかし技術の面でも気持ちの面でも「同じことを二度やる」のが苦手なメンバーだったのだ。そして、この自分で決してコントロール出来ないワンダーというものが毎回楽しくて仕方なかった。思えばあのクレイジー俳句の一日からずっとそればかり追いかけている気がする。

青春の鎧

十代という最も多感で、最も変化すると思われる時期にこうした仲間に巡り会えたことは一つの奇跡だと思う。その出会いのどのピースが欠けても、きっと今の自分にはならなかったのではないか。しんちゃんやゆうちゃんやけいちゃん、TとK、バンドメンバー、そして、友達に「ならなかった」多くの人々にも感謝する。自尊心と歪んだ選民意識の鎧で凝り固まっていたあの頃、誰かに優しくされたり誘われたりしたら簡単に友達になっていたかもしれない。そしてその友達の趣味（音楽とか漫画とか）にも妙に物わかりのいい寛大な顔でつき合っていたかもしれない。そんな鎧窮屈だから脱いじゃえば？　ともし言われたら、鎧と一緒に大切な何かまで捨てていたかもしれないのだ。時間はかかったが、自分自身のタイミングで鎧を脱ぐことが出来て良かった。多分とっても嫌なヤツだった自分を、ちゃんと遠ざけてくれてありがとう。

青春とは、多かれ少なかれみんな無知で未熟で不安定なものだろう。顔から火が出るほど恥ずかしく消してしまいたい思い出もあるが、あの頃好きだった音楽を今も聴き、あの頃ケラケラ笑ったのと同じような遊びを今もしている。ある意味、ちっとも変わってないのかも知れない。

「遠藤会」という友達同士で組んだユニットがある。JAM Project の遠藤正明さんやパンクバンド milktub の bamboo、企画制作会社タブリエ取締役のやまけんと一緒に呑んでいたらいつの間にかＣＤをリリースしてしまったという不思議なチームなのだが、その記念すべきデビューシングル「健全ロボ　ダイミダラー」のカップリングである「遠藤会のテーマ」の作詞を任せてもらった。その二番にこんな部分がある。

開き直る理由など
そんなもん最初っから無え
Everyday
開きっぱなしのSOUL

これは今現在の自分たちの歌であると同時に、当時の自分に送るエールでもある。まわりから心を閉ざしているように見えても関係無い。友達が多いことと心を開くこととは無関係だろう。実際しっかり開いた上で好きな人やものだけに向き合い、素直に正直に嫌いなもの・面倒なものを遠ざけていけば良い。言葉にすると何だか説教臭いが、そんな気持ちも少し込められている。

なので、無知で未熟で不安定で自尊心と歪んだ選民意識のカタマリのような若者に出会ったら、変に物わかりの良い大人の顔をしないようにしている。相手は鎧を着ているのだ。こちらもちゃんと武具をつけるのが、戦場での礼儀であろう。なに、ご心配なく。脱いだ鎧は、今も捨てずにちゃんと心のクローゼットにしまってある。

アニスパのはなし

十一年

番組が終わって

「アニスパ」について書いてくれと依頼された。が、正直躊躇している。みんなが読みたいものを提供出来るのかどうかわからないからだ。そう、一体みんなは何が読みたいのだろう？

長年続いた番組の終焉に対してセンチメンタルになっていると思われるだろう。時間がたったら何となく整理されてしまうその感情を今のうちに記録しておいて欲しい、と。自分でもそうなるだろうと思っていた。しかし今のところ感傷のようなものは皆無である。逆にもう少し時間がたってから襲ってくるものなのかもしれない。全五七三回それぞれの思い出を語ることは出来るかもしれないが、十一年間を歴史として、俯瞰として見ることはまだ出来そうにない。うーん。

逆にまわりからの反応、例えばお仕事でお会いする声優さんやアーティストの皆さんから頂くリアクションの方が予想以上に大きくて面食らっているくらいである。寂しい！　とか出たかったです！　とか。で、僕がある程度ショックを受けているだろうと若干気を使ってくれたりしてくれる。いやいや。別に凹んでないんで大丈夫っすよ。でもありがとうございます。みんなアニスパという番組をそれなりに愛してくれてたんですね。僕ももちろん愛していました。素っ気ない反応しちゃったけど。

例えばアニスパが食べ物だったと仮定しよう。多分油っぽくて味もうんと濃いめの丼料理だろうか。下品で美味しくて、食べてる間はとても幸せであった。まだ食べられるかと問われればもちろんと答えるがメシの量は店側が決めるもの。食べ終わった今、丼の中は空っぽだが満腹感と多幸感と胃の重さでまだボーッとしている状態。無くなっちゃったな、もう一度食べたいな、と思うのはもう少し消化が進んでからであろう。それが今一番近い感覚かもしれない。

キャスティング

さて。そう言えばどこから話をするべきだろうか。今のところなんのことを書いているのか皆目見当がつかないという方はこの先にも読むべきセンテンスは無いとは思うが、簡単に言うと文化放送で僕鷲崎健と声優である浅野真澄がやっていた「A&G超RADIO SHOW～アニスパ！～」という番組が先日十一年間の歴史に幕を下ろした、という話である。今コレを読んでいる人たちにどこまで説明をすれば良いのかわからないが、とにかく始めてみよう。そこここでの発言や著述と重なる部分もあるかと思うが許して頂きたい。

思えばそのスタートからして滅茶苦茶な番組だった。なにせ片っぽはアルバイターである。ま、僕なんですけど。週に一回土曜日の夜だけ生放送で喋ってあとの曜日はコンビニでレジを打っていた。ではもう一人は安全安心のキャスティングかと言えば業界でも屈指の常識知らずである。血迷ったか文化放送！　と他局は思ったのではあるまいか。

もちろん文化放送側の言い分もあるだろう。急にその二人に喋らせようと思ったわけでは無い、と。当時ＢＳＱＲというまあ言い方は悪いが文化放送の視聴者限定ミニ放送局みたいなものがあったのだがそこですでに二人の番組をやっていた。「スパラジ」というその前身番組は一応人気番組とされていたのだが、しかしだからと言って急に地上波ワイドを担当させるっていうのも随分な話である。団地で一番料理が上手いからって料亭の厨房に立たせるオーナーもいないだろう。どっちにしても当時の文化放送のクレイジーな采配に感謝するばかりであるが。

とは言えこちらもまともではない。今でこそ「ＡＭ地上波」「土曜二十一時」からの「生ワイド」というのが放送局にとってどれほど大きい番組で局のイメージを左右するのか少しは理解しているつもりだが、当時ははっきり言ってなんの覚悟もプレッシャーも無かった。正直地上波とＢＳＱＲの区別もついてなかったくらいである。いや、浅野さんはしらないけど。でもまあ絶対にこんなに長く喋ることになるとは思ってなかったはずである。三年もやれば上出来だろうというのがお互いの認識だった。

アニスパの前番組である「超機動放送アニゲマスター」が六年半続いたので、その半分もいけば良いだろうと話したのを覚えている。ちなみにこの超機動放送アニゲマスター、通称アニゲですね。この番組のフォーマットが当時ディレクターだったおたっきぃ佐々木氏をメインMCにして女性声優アシスタントが隔週替わりで出演するというもの。このアニメに詳しい非声優＋声優というのが当時のA＆Gワイド番組のモードでした。ニッポン放送でもアナウンサーの荘口彰久さんと岩男潤子さんがやってたし。声優同士のキャスティングだと監督やクリエイターがゲストに来た時に気を遣うんじゃないか、喋り辛いんじゃないかという配慮からのカップリングだったらしい。で、アニゲが終わるとなった時じゃあ次は誰がいるかと探し始めた。文化放送界隈で声優じゃなくて番組経験がある人間。そんなヤツいるのか？　と社員がキョロキョロしているタイミングで僕がちょうどそこら辺をちょろちょろしていたと。運がいいといえばこれほど運がいいこともない。それがワイド番組でなければ恐らく声はかからなかっただろう。声優ではない、ということに意味というか価値というかがあったんですね。アニメに詳しいという要素がすとんと抜け落ちてしまってはいますが、その本末転倒ぶりが僕にとっては大きなチャンスでした。あとは未知数だけれど売れるかもしれない番組経験のある女性声優。偶然が色々重なってスパラジがそのままアニスパという番組に変わって行く。

CARNIVAL

放送作家

作家問題

ところでこのスパラジという番組、実は作家が存在しなかった。その一点だけに注目してもどれだけ制作サイドがノーマークだったのかも分かろうというものだろう。当初全六回の予定だったが意外な人気に気をよくした文化放送が延長や復活を繰り返し、しかしその間一度もちゃんとした作家が付くことは無かった。とは言えもちろん台本が無かった訳では無く、ディレクターが毎回「台本のようなもの」を準備してくれていた。しかしあくまでもそれは「のようなもの」であり、二時間に及ぶ生放送に対してだいたい五ページくらい。今考えるとちょっと信じられないがしかし刷り込み効果というか最初からそんなもんだと思っていたので大して違和感を覚えることは無かったように思う。はっきり言って、好き勝手喋ったり適当に突っ込んだりしてれば二時間あっという間だな、と思っていた。ラジオのいろは、進行のＡＢＣなど微塵もわかっていなかった。

スパラジが終了しアニスパが始動するにあたって、制作側がまず考えなければならなかったのがこの作家問題である。男女二人のパーソナリティをそのまま使うとして、普通なら作家も同じ人間を使う方が安心だし効率も良い。けれどもその作家自体が存在しないのだ。

諏訪勝

スパラジ時代は担当ディレクター、人呼んで「暴力温泉ディレクター」こと渡会さんの「腕力」と「人間力」でなんとかコントロールされていたのだが、果たしてそこらへんの作家で無知な暴れん坊ＤＪを制御できるのだろうか。後になって聞いたのだが、アニスパが始まる前に大規模な作家オーディションが行われたという。

一体どんな人がオーディションに参加したのかは知らないが、結果年齢も僕とほぼ変わらない諏訪勝氏が見事アニスパ担当作家の栄誉を勝ち取った。ベテランと呼ぶにはまだ若い。アニラジもやっているけれどＦＭなんかの仕事を主戦場にしているイメージであった。一体、何故諏訪さんがオーディションを勝ち抜いたのか。まず書き込みの圧倒的な量というのがその理由の一つだったらしい。

たとえ四十度近い熱が出ていてもこれをそのまま読んでいればなんとなく番組が成立するだろう、それくらい徹底した書き込み量だった。それでいてその書き込みを無視して自由に喋っても構わない。保険が効いている上に押し付けがましくない台本なのだ。これはねえ、なかなか難しいんですよ。作家がボケすぎるとパーソナリティはただ「作家の考える面白を表現する人」になってしまう。けれど作家が何を面白がっているかの指針があまりにも無いとパーソナリティは不安だし悩んでしまう。特に二時間に及ぶワイド生番組、ゲストを呼んだり最新の情報を発表したりとミッションが多い番組においては、パーソナリティと一緒に面白がりながら一歩先、一つ外側から常にバランスを見続けなければならない。「書く」能力と「居る」能力が両方備わってないといけないのだ。

自分の書いた「台本」という名の地図、指示した道順通りに進めばよし。しかしその場のテンションやアドリブなどで流れが変わることもある。その場合瞬間的に違うルートを演算しなければならない。カーナビみたいなもんでしょうか。遠回りになろうが迷子になろうが作家が優秀なら必ず番組はゴールまで辿り着ける。

よし、この人を信じておけば間違いないな、とまず思った。正直言って僕の色んなレギュラー番組の中でここまで「作家の判断」を重視した番組はアニスパだけである。悩んだ時は自分の面白をまず信じる。自分のテンポ感をまず信じる。しかし、アニスパに於いてのみ、こっちの方向であってるかな？ と不安になると諏訪さんの表情を確認していた。アニスパという船の船長は間違いなく諏訪さんであったと思う。

作詞作曲

新番組始動ということでまずはテーマソングを作るという話になり、僕が作曲を依頼された。ここらへんもボンヤリとしか覚えてないのだが、今考えるとよくプロに発注しなかったものだと思う。どんな曲書いてもいいんですか？ と局側に聞いた所なんでもいい。明るい曲ならばというお答え。ならば趣味に寄せてしまえと思いっきりラテンのメロディを提出したらあっさり通ってしまった。あとは作詞担当の浅野さんのお仕事である。

歌唱も浅野さんがほとんどだしこっちは宿題終わらせたしであとはレコーディングま

で何もすることも無いと思っていたら、割とギリギリになって浅野さんから「詞が書けない」と連絡がきた。今晩ちょっと相談にのってくれ、いやいやこっちも飲み会の約束があるしなんてやりとりの末、何故か飲み会に浅野さんが付いて来ることになってしまった。浅野さんの知り合いなんてもちろん全然いないのに。

面食らう友達と困惑する僕。「邪魔しないから」と言いながらウォークマンとノートとペンを手にどっかと居座る浅野さん。今こうやって書いているとなんだか変わらないなあとほのぼのしてしまう光景だがハッキリ言って当時は面倒臭かった。記憶する限り、その後十一年にわたってゲストに誘われたライブ等以外では二人で出掛けたりしたことはまず無いはずなので、ひょっとしたらプライベートで会った最後の日かも知れない。当たり前のように盛り下がった飲み会で執拗に話しかける作詞担当者に、まずラテンという音楽から説明する作曲者。またねと店を後にする友人たち。帰るに帰れない後輩。あの物悲しい個室から産まれた曲が「Carnival」というハッピーソングであることを考えると、極寒の地に育ち複雑な家庭環境に悩まされながらも常に陽気で暖かく美しい音楽を作り続けたヨハン・シュトラウスの人生に思いを馳せずにいられない。

ANISPA

さてそんな一夜もあって出来上がったCarnival、今だから言うがサビの「さあ　まわれまわれ　カーニバル」という歌詞は実は僕がつけたものだ。件の飲み屋で例えば、と付けてみた詞だがそこがハマった瞬間に浅野さんの脳内歯車が急に回りだしたらしく、持ち帰ってその後完成するまで時間はかからなかったように思う。あと「Mr. ＤＪ」のサビ、そのものズバリ「Mr. ＤＪ～」のところも。その時も同じく僕が先に曲を書いてその後浅野さんが詞をつける、という作業工程だった。ラジオの歌にしようというので出来上がりを楽しみにしていたのだが、ある日浅野さんからあのサビの部分さあ、「アーニスーパ～」にしようと思うんだけどと言われ、それは流石にポップスとして普遍性が無さ過ぎるから「ミスターＤＪ～」くらいの方がいいんじゃない？　とアドバイスしたところ見事採用となった。一つの音符にミスとかジェイとか二音以上入れるのが苦手な御様子。多分人間が素直なんですね。以上、余談でした。

パーソナリティ

最初から

さあ作家も決まったテーマソングも出来た。あと必要なのはもうパーソナリティの自覚だけだ。しかし前述の通り至って無責任に引き受けた番組である。若干の緊張感はありつつも、とは言え準備できることなんて何も無いしと極めていい加減な心境で初回放送を迎えた。

十一年前である。はっきり言って何も覚えていない。ウィキペディアを見てみると第一回目のゲストはアニメ研究家の氷川竜介さんだった。うーんそうだったたっけ。氷川さんとはかみちゅが如何に素晴らしいか、という話をした気がするけど調べてみたらそれはアニスパ二年目の話だった。何回もきてくれてましたしね。そうそう氷川さんは番組の当初は「氷川艦長」と呼ばれアニメ業界のご意見番として出演してもらっていたのだ。

あまりにもアニメに疎いメインの二人だけでは心許ないという理由で、番組にちょいちょいお呼びしてお話を伺おうという所謂サブレギュラー的な存在になるはずだった。しかし結局スタジオにゲストで来て頂いたのは全部で十二回。恐らくだが「知ってる」という安定感よりも「知らない」という不安定感を武器にした方がパワーになるとスタッフが判断したのではないか。それは随分リスキーな賭けだけども。

で、第一回である。同録って伝わりますかね？ 生放送は家で録音でもしてない限り自分で聴き直すことが出来ないので、僕等はいつもスタッフさんから「同録」と呼ばれる放送録音データを貰っていた。番組開始当時はまだカセットテープ。１２０分テープに録音された放送を家で聴きながら、あそこはもうちょっと丁寧に喋るべきだったとかここはテンポがもたついたなとか一人で反省するんである。アニスパの場合、野球延長によりシーズン中は放送時間が短縮したりするため１２０分テープにあまりができる時がある。また来週〜なんて言って番組が終了したな、と思うと急にアニゲマスターの音声が流れてきたりして、うわー上から重ね録りしてるーとちょっとショックをうけたりしたものだ。予算とデリカシーの両方の希薄さに。その同録テープも数回にわたる引っ越しやなんやかやで無くしてしまっていたので、聴き返すなんてことは全く無かった。しかし流石十一年続いたワイド番組、最終回で初回放送を聴いてみよう！　という実にベタな企画が行われたのだ。

嫌だなあ。ヘタクソだろうし、緊張してるだろうし、なんか上ずってるんだろうなあ。でも最終回にしか出来ない企画だし。恥ずかしいけど、うん、じゃあ聴こう。と実に10年以上ぶりに聴いた初回放送が……なんというか面白いんである。

もちろんヘタクソだし緊張してるしなんか上ずっているのではあるが、僕も浅野さんも一回目からちゃんと「アニスパ」であった。「アニスパ」の方法論、「アニスパ」の感受性でちゃんと喋っている。手前味噌ではあるがこれは評価してもよいなと我ながら思います。初回からちゃんと異物であり問題作だったなと。そしてそこから微塵もブレることなく十一年間走りきったのだと。何故そんな奇跡が可能だったのか。これはもうはっきりと言うが、浅野真澄という天才が居たからである。

浅野真澄

浅野真澄という天才の、その天才性を言葉にするのは難しい。単純な思考と複雑なコンプレックス、非常識でありながら自分を常識人だと言うその自己の逆上がり方は他の追随を許さないだろう。驚かれるかも知れないが、なんと浅野さんは「変わってる」と言われるのが何よりも嫌いなのだ。

人は誰しも他人と違う人間でありたい、特別でありたいという気持ちと他人と同じでありたい、安心したいという二つの感情を持っているはずだ。その相反する二つのバランスがうまくとりきれなくてグルグルまわったり転んでしまったりするのがいわゆる思春期というやつだが、浅野さんは人と違うという言葉に悪意しか感じないのだという。「変わってるって言われて喜ぶ人間なんかいるか!」と割と本気で異議申し立てを訴えてくる。でもねえ。変わってるよねえ絶対。「型破りであるというのは芸風であって本人は至ってマトモだ」というならともかく割とラジオ通りの人だし。

どうやら変わってる＝間違っているという認識らしいのだ。面白いですね。

しかし決してフォローするわけではないがとても真面目な人なのは確かだ。誰よりもちゃんとトークの準備をするしゲストとの打ち合わせも綿密に行う。勘違いされがちであるのだが、関係性から僕が番組の進行をしていると思われてる方も多い。けれど進行も台本に書いてある質問も基本的には浅野さんが行っている。トンチンカンな発言で笑いをとることを嫌っているので、決して「変な自分」というのを演出しない。台本にない発言をするのはむしろ僕の方である。なので浅野さんは役割としては「ツッコミ」なのだ。にも関わらず。いいですか「ニモカカワラズ」、誰がどう聴いても浅野さん＝ボケの立ち位置なのである。もちろん計算してボケる部分もあるのだが、大部分が「浅野真澄という人間と他者（この場合は僕であったりゲストだったりですね）とのズレ」から生じるすれ違い、それを受け止めようとして互いに変なフォームになったり不思議な回転の球をなげたりしてしまうのがアニスパという番組の面白さであった。どちらかというと僕の役割は散らかったグラウンドを清掃する人に近かったんじゃないか。人間そのものが面白い、というのは求めても得られない賞賛なので大変素晴らしいと僕は思うのだが本人には伝わらないのがもどかしい。本人はあくまでもツッコミのつもりですからね。

そこズレてますよと指摘をするのがツッコミの仕事である。だからと言ってマトモでなければならないわけでは無い。少し歪んだ位置から世界を見ているからこそ人が気づかないズレを認識出来るとも言える。なので浅野さんがツッコミであっても一向に構わないのだがいかんせん本人の面白さが先に立ってしまうのである。鳥がバードウォッチングをしている様なものか。

関係性

暴言や失言の面白さ。それも浅野さんの魅力の一つだろう。しかし時折その暴言が批評の域まで達することがある。「声が良いとそこまで優遇されていいの？　この世の中」「砂山のてっぺん争っても仕方ない」「（鷺崎の魅力を聞かれて）自分の手の平誉めろって言われても困るでしょ」「胸がないのにあるように振る舞うのはみっともないですよ」「下ネタ言って丸くおさめるみたいなトコあるでしょ？　ラジオって」「えげつなく売っても綺麗に売っても一枚は一枚」など、自分が世界をどう見てるのか、何を信じているのか、何に異議を感じているのかといった、いわば生き様みたいなものが見え隠れしてくるのだ。ここまでくると逆に格好良いとさえ思ってしまう。自分の中にある悪意やドロドロとしたものに蓋をせず誤魔化さず、かといって変に開き直ったり理論武装したりもせず、ラジオにおいてギリギリ笑いになるくらいにポップにソフィスティケイトして表現する、これはホワイトブルースの方法論に近いかも知れない。エリック・クラプトンはその優雅な指使いから「スローハンド」と称されたが浅野さんの流れるような暴言もクラプトンクラスと言えよう。

そして浅野さんは何よりもテクニックの人である。これは昔尊敬する先輩から教わったことであるが「面白い、とは関係性から生じることであってただ漠然と面白いことなど存在しない」のだと。ベタなコントを例に出すとするならば、警官と泥棒であったり先生と生徒であったり。昔からお笑いの設定というのは関係値のわかりやすいものが多い。その関係がハッキリしているからこそ言葉に意味が生まれ笑いに繋がるのだと言う。落語「居残り佐平次」にしても無銭飲食で遊郭の人間に捕まって、どう考えても立場が下のはずの佐平次がどんどん客の人気者になっていくという関係性の変化が面白いのだ。つまり、「面白い」には心の変化=ドラマが不可欠だ、ということだろう。笑いに限った話ではないが、人の心が動く所を見て我々は笑ったり泣いたり感動したりしてるのだ。もちろん漠然と面白い顔・動き・声といったものと同じように漠然と面白い言葉は存在するのかも知れないが、それは単に変なもの・奇異なものであってユーモアとはいささか違うものだろう。奇矯な振る舞いはユーモアにあらず、とかのウィリアム・シェークスピアも言っている。

で、浅野さんであるがこの人はトークの中で特に上下関係や対立関係を重視した笑いを作りたがる。無意識の部分もあるかも知れないが、上位に立っていたはずの自分の立場が一言で他者(僕であったりゲストであったり)より不利になったりそれがまたちょっとしたことで逆転したり、といったドラマ性を作り出すのが大変上手いのだ。そもそも人をどっちが上か下か、誰が敵で誰が味方かで考えているからだろう。いやコレね、誉めてるんですよ100%。聴いてる人間にとってどこを面白がれば良いのかというルールというかガイドラインが非常にハッキリしてるのでわかりやすいのである。無い所から関係性を作り出す、というのは実は大変難しいことで例えば普通だったらゲストとパーソナリティというだけの関係性、まあ一歩踏み込んだとしても魅力的なゲストとそ

ON AIR
3
21:00
VU

れを愛するパーソナリティ、またはうるさいゲストと早く帰って欲しがるパーソナリティくらいがオーソドックスなやり方であるが浅野さんはそこからさらにもう一歩踏み込んでくれるので、だからこそいつもゲストの心に動きが生まれちゃんとドラマになる。およそ十年以上ラジオの世界で仕事をしているが、この笑い＝関係性ということをこれだけ理解して、なおかつ実践出来る人を他に知らない。

アニスパ

「歴史」

諏訪さん、浅野さん、そして僕。十一年間ずっとアニスパに関わってきたのはこの三人だけである。局制作の番組というのはプロデューサー／ディレクターを基本的に社員が担当するので、人事異動に伴って変化して行くものなのだ。正直番組に愛情のある社員もいればそうでもない人もいた。それは仕方の無いことだと思う。それでも十一年というヤング帯のラジオ番組としては異常だと思える程長く続けてこれた。この場を借りて、番組に関わってくれた全てのスタッフに感謝の意を表したい。どうも、あんがとね。

そして才能溢れる人間と十一年も番組を続けてきたことは大きな誇りでもある。十一年。例えば週刊少年ジャンプにおけるドラゴンボールの連載期間が丁度十一年である。例えば漱石が処女作「吾輩は猫である」を発表してから遺作である「明暗」を執筆し死去するまで、つまり職業作家として暮らしたのも約十一年である。おそらく今後百年はエンターテイメント業界に名を残すであろう両人の両作品群に比べたら小さな業績かもしれないが、小さな世界ながらも一時代を築いたという自負もある。願わくば、アニスパを超えるようなエポックな作品に今後も関われればなと強く思う。

最後に。これが一番重要なことなのだが十一年間、本当に最初から最後までずっと楽しかった。こればっかりは鳥山明にも夏目漱石にも負ける気はしない。毎回二時間の特番みたいで、はしゃいでいるうちに十一年たってしまった。積み重なった歳月を歴史として見ることは出来ないと冒頭に書いたが、それはつまり遊んでいるだけでたいして成長が無かったからかも知れない。

先日とある坂本真綾ファンと話す機会があって、そのとき彼はこんなことを言っていた。初めて坂本さんがアニスパに来たときヒヤヒヤしながら聴いていたと。あんまりバラエティ番組に出ない人だし、挨拶の「アニスパップー」って明らかに嫌々言ってるし。正直リラックスして盛り上がった、という回ではなかったかもしれない。しかしその後何度もゲスト出演を重ね彼女が最終回前の公開生放送に来てくれた時に、「こんなに素でいられる番組は他になかった」「わたし最終回聴きながら泣くよ。二人（僕と浅野さん）が泣かなくてもわたしは泣く」とまで言ってくれたのだ。

ツン真綾がデレ真綾になるまで、坂本真綾ファンはアニスパを聴きながらその変化を目撃した。これを歴史と呼ばずしてなんと呼ぼう。きっと色んなタレント、色んなゲストのファンが番組を通じてそんな「歴史」を感じていたのだろう。

アニスパは人気番組ではない。これはずっと言い続けてきたことだ。アニスパは人気番組ではなく、人気のあるタレントがゲストで来る番組だった。同じ論理で言うとこうなるだろう。アニスパという番組に歴史はなく、アニスパに来てくれたゲストとそのファンに歴史はあるのだ、と。

そして。珍しくアニスパ単体のファンだった、という希有な皆さんは僕と同じくこう思って下されば嬉しい。

「あー面白かった。ちっとも内容はなかったけど」

2
CARNIVAL
1
8
5
13

ON AIR
3
21:00
VU
ANISPA

これまでもこれからも

四十路

若いととるか否か

いつの間にか四十二歳である。

四十路、というカテゴライズの中ではまだまだルーキーの年齢だが、「中年」と言う競技においてはそろそろ中堅アスリートと言っても良いだろう。そう、中年とは戦いなのである。何との？　主に自分自身との。老いというのは白髪が増えたり視力が落ちたりすることだと思っていた。漫画やなんかから仕入れた知識でなんとなくそういう自分に対する準備と言うか覚悟と言うかはしていたつもりだが、まさかメシを食ったら疲れちゃう、という未来は想像してなかった。若い時に比べて、消化に莫大な労力を使っているからなのだろう。その結果エネルギーを補給しているのに作業能率が下がるという矛盾を抱えた体になってしまった。

人生を往路と復路に分けるとしたら、これはもう完全に復路に突入しているんだなと思う。もちろん四十二という年齢を若いととるか否かは人それぞれであるし、可能性という意味で言えば例えば黒澤明が「生きる」を発表したのが四十二歳の時。水木しげるがガロで雑誌デビューをするのもなんと四十二歳。その僅か二年後には「悪魔くん」が実写でドラマ化され水木プロを設立するのだ。マイルス・デイビスがエレクトリック楽器とセッションした「マイルス・イン・ザ・スカイ」を発表したのも四十二歳である。〝進化の人〟マイルスがこの年まさにアコースティック・ジャズからエレクトリック・フュージョンへの進化を遂げたのだ。森繁久彌が「夫婦善哉」に出演してその滑稽で哀れで哀愁のある演技をもって日本中の喜劇人を森繁病（命名・小林信彦）にしてしまったのも四十二の時。なので公開年である１９５５年は日本のコメディが変わった年でもある。

とまあこんな具合にいくら良い例ばかり並べてもあまり意味がないのも確かだ。プレスリーなんか四十二歳で亡くなってる（生存説を採らないのであれば）し、テレサ・テンやブルーザー・ブロディも然り。幸不幸どちらの例もちょっとネットを検索すればいくらでも出て来るのだからそこに自分の実人生との関連性を見いださないのならば単なる駄弁と言えよう。

「だからアレだね、人生は色々だね」なんて気取ってる割にごくごく当たり前の下らない結論をさも意味有りげに呟いて悦に入ってる輩となんら変わらない。そういう「知性」とも「センス」とも一切関わりのない「知識」だけをひけらかしてちやほやされたがってる人を見ると、wikiで女口説いてるのと同じだよと恥ずかしくなってしまう。恥ずかしいのは自分の中にも思い当たるフシがあるからだ。気をつけねば。出来ればそういう人にはなりたくない。

子どもの頃なりたかったもの

ではどういう人になりたかったのか。幼少の頃の記憶を紐解いてみることにしよう。と思ったが記憶の紐は絡まるほど複雑ではなかった。小さい頃からずっと「別になんにもなりたくなかった」からである。そもそも未来とか将来とかを想像することがあまりない少年時代だった。ないまま青年期を迎え、三十代を終えて現在に至る。

念のため申し上げておくが、決してモラトリアムだったりピーターパン・シンドローム的なあれだった訳では無い。と思いたい。うーん、歳をとること自体は割と好きだったんだけど。ただ、「警察官になりたい」とか「プラモ屋さんになる」とか「俺はボクサーかアクターかドラマーになりたかった」とかそういう具体性のある夢がうまく持てなかった、ということである。ちなみに三つ目の言葉は映画「ラスト・タンゴ・イン・パリ」のマーロン・ブランドの名台詞。やっぱりこういうフシありますね、僕。

多分自分が口に出してしまった夢に対して責任を持たなければ、と強く思い過ぎていたんだと思う。逆に考え無しにホイホイと夢を持ってしまう同級生に驚いていたくらいだ。まだ世の中に知らないことがいっぱいあるのに、今決めちゃっていいの？　と。このあと美味しいもん出てきても、もう食べれなくなっちゃうよ？　というニュアンスで。夢なんだからいくらでもジョブチェンジ可能なのに、そのゲームシステムがよく理解出来ていなかった。

あとは絶対夢を持たなければいけない、という大人からの同調圧力みたいなものに恐怖があったのも確かだ。クラスで絶対好きな人がいなきゃいけないっていう風潮あったでしょう。あれもなんか苦手だった。「いない」というと嘘つき呼ばわりされてしまう。

その延長線上にどうも夢のくだりがある気がしていた。「夢は何?」「特にありません」「それはいけません」と。なんだか給食を食べ終わってない子を見るような視線で、もたもたするな、といつも叱られているような気がしていた。

毎度お馴染み、尊敬する実兄が早めに夢を持っていたのも劣等感に拍車をかけた。小学生の時から料理の好きだった兄は、将来コックになると宣言してまだ半ズボンのくせにビーフストロガノフとか作ったりしていたのだ。生意気に赤ワインとか使ったりして。紆余曲折あって今は照明会社の社長ですが。そんなある日、たまたま見ていたテレビ番組である人がこんなことを言っているのを聴いた。

「みんなが夢を持たなきゃいけないってのは、戦後民主主義教育の一番の間違いなんだよ」と。え? え? どういうこと? 今まで大人から教わってきたことと正反対だけど。この人何言ってるの? ひょっとして聴き間違いなんじゃないかと思った次の瞬間「夢がないと幸せになれない、みたいなナヨナヨしたこと言ってるからダメなんだよ」「持ってる人は楽しいか知んないけどねえ。一緒にされると迷惑だよねえ」「叶っちゃったらどうすんの」「無駄な荷物は持たないに越したことないね」etc。

ショックだった。そんな風に考えても良いのか。持たない者は努力が不足しているわけではないのか。もっとその話を聞かせて欲しい、この不安を吹き飛ばす力強い否定の言葉を。しかしそう思った時には「では次のお友達を」のくだりに移っていた。番組とは「笑っていいとも」。ある人とはもちろんタモリさんのことである。

小学生の頃にズル休みをしたことはあまり（全くとは言いませんが）ないので多分風邪ひいて学校休んでたんだろうな。ゲストは誰だったかなあ。坂田明か橋本治か岸田秀か。どの人だったとしてもなんかそういう話になりそうだけど。とにかくその日たまたま家に居たということがその後の人生に大きく影響することになる。名も知らぬウィルスに感謝すべきか。

ガウォークみたいになりたい

その日を境に、夢無し人である自分を少なからず肯定的に捉えるようになった。タモさんの言っていることを１００％理解したわけではないけれど、具体的な夢を持ってない、ということは決して罪とイコールではないのだとそう思えただけで随分楽になった。

しかし具体的な夢は持ってなかったが抽象的な目標は産まれ始めていたのである。中学生になった頃、将来について話す度に「自分はガウォークみたいになりたい」と答えていた。

御存知でしょうかガウォーク。アニメ「マクロス」シリーズを代表する変形ロボ「バルキリー」の変型形態の名前である。戦闘機から人型ロボットに変形する途中の、乱暴に言えば戦闘飛行機に手足の生えた状態なのだがこれが発表当時から大変好きであった。変形メカものの弱点である「変形してる最中に攻撃すればいいいじゃないか」という物言いを逆手に取った発想で、その不格好でいびつでキュートな姿はロボットアニメの世界においてもとてもエポックだった。何かに変形する途中の段階なのにも関わらずその状態が魅力的である、というのが夢無し人にとって大いなる希望になったのだろう。常に何かの途中でいたい、だってなっちゃったらオシマイじゃん、というのが中学生当時の精一杯の主張であった。

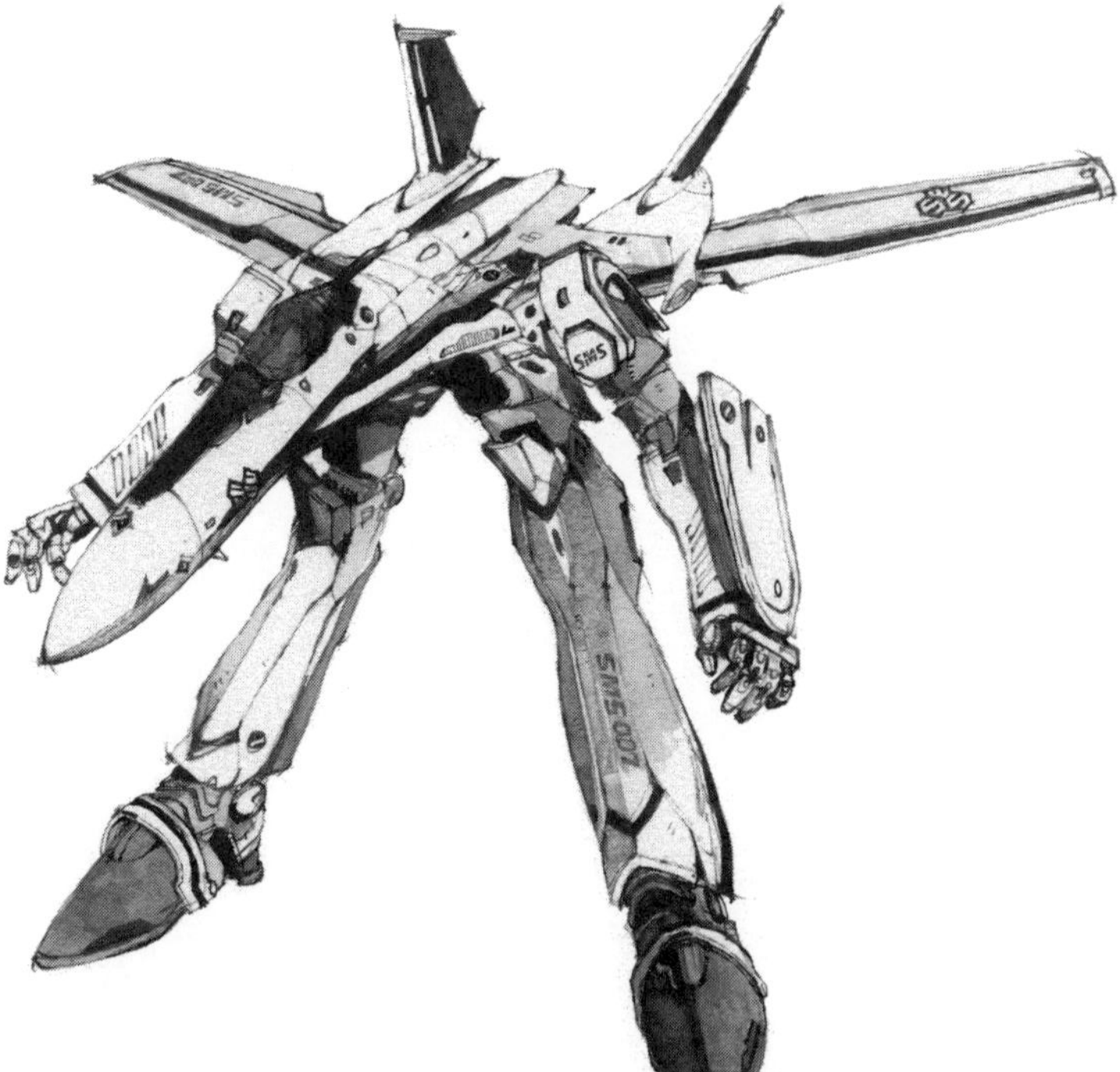
SMS
SMS 007

四十二歳の今、これを書いていて大変恥ずかしい。ガウォークであり続けることの大変さ……精神的にも体力的にもだが……それを全部未来の自分に預けて、上手いこと言ってやったというドヤ顔の中学生の笑みが目に浮かぶからである。「限定された何かのプロフェッショナルではなく、その時々常に新しい事にトライし続ける人間でありたい」みたいな意味がこの言葉には含まれてるんだぜ判るやつにしか判んないだろうけど、と思春期丸出しな上に肝心なそのトライ精神みたいなものは極めて薄弱なこの発言、今もしこいつに会ったら誠心誠意心を込めて一つずつその薄っぺらい理論を喝破してやりたいところだ。ただの成り行き任せのくせに。しかし一旦口にしたガウォーク宣言はその後心の大きな部分をずっと占領することになる。

ガウォークはじめて十数年。飛行機型にも人型にも変わってないんじゃ変形メカである理由はないんじゃないかとも思うが、最早ガウォーク芸にも磨きがかかってきた三十歳。相変わらずその中途半端な立ち位置、精神性は「合ってるの?」と他人に心配されるほどだった。その時その時で面白そうなものに手を出しては飽きたらやめる、を繰り返してるうちに今の仕事に辿り着いた。これもまた成り行きである。

曲がりなりにも人型に変形出来たと一応は考えて良いだろうか。長く使わなかった関節駆動部分をギクシャクさせながらも、背筋を伸ばしてもう十二年になる。

変わるということ

面白さ

　本を読み、ギターを弾いて、誰かとバカバカしい会話をする。変形したと言っても生活やその中にある楽しみは基本的に十代の頃とほぼ同じである。この「バカバカしい会話」がまさか仕事になるとは思ってなかったが。しかし読む本の種類や弾くフレーズが年齢とともに少しずつ変わって行くように、「バカバカしい会話」というものにも十二年の間でだんだんと変化が生じてきた。

　ラジオやイベントの本番中もそうだしオフでのトークもそうなのだが、昔は面白い＝「面白い事を言う」ことなのだと思っていた。面白いとは関係性から生じる、とは「アニスパ」の稿に書いた通りだが、それでもその状況・その関係性が「変」である事、落差が激しい事の方が良いのだと思っていたのである。異常な状況・ねじれた関係性こそがより笑いを産むのだと思っていたし、もっと言うと笑いの多い事こそが「面白い」のだと信じていた。もちろんその感覚は今でも否定しないが、そういう「大きく心が動く」エンターテイメントだけではない、「小さく心が動く」時にしか感じられないインタレスティングもあるのではないかとだんだん気づき始めてきたのだ。

過剰なもの、カリカチュアライズされたものの面白さ。これは大変判りやすいし表現としても派手である。しかしなんて言うかそういうシングル向けのものではないけどアルバム収録のみの小品が心のひだを心地よく刺激してくれることも往々にしてあるのではないか。心の移動距離で言うと、旅行ほどのダイナミズムはなくても散歩の面白さというのが存在するのじゃないかと徐々に気づくに至ったのである。

なんだか回りくどい例え方になってしまったが、つまりそんなに面白くないこと（笑いの含有量の少ないトーク）も面白いと思えるようになったということだ。そんなに甘くない菓子でも美味しく感じると言うか。また例えちゃった。悪い癖ですね。

木山捷平《しょうへい》の小説に「軽石」という短編があって、廃品を売って手に入れた三円で買えるものをあちこち探しまわった末、結局軽石を買って帰るという大変地味な内容なのだがこれが実に淡々と面白い。手に汗握る冒険や愛憎劇は一つもないが何だか読み出すと止まらないんである。フォルテシモではなくメゾピアノくらいで奏でないと成立しない「ユーモラス」というのが確かにあるなと、「ジャジャジャジャーン!!!」(お分かりだと思いますが第九です)ばっかりやってた自分を省みたのである。

女っぽくなった

加齢・経験によって変わった事と言えばもう一つ、過剰にカマっぽくなってしまったことだろうか。いや、これにはちゃんと理由があるんですよ。

ゲストを呼んでお話を伺うというスタイルの番組を何本かやらせて頂いていて、そのため多い時だと週に十人以上のタレントさんにお会いする。昨日業界に入ったような歌い手さんや吹替え文化の黎明期から活躍されているベテラン声優さんまで種々様々だが比較的リリースのあるお若い女性のゲストとお喋りする事が多い。で、まあハッキリ言いますが正直若い女の子と喋るのは楽しい。パーソナリティとゲストという関係性がなければ絶対お話することのない年齢のご婦人方とケラケラと笑いあってギャランティが発生するというのは痛風が発症するくらいのペナルティではお釣りがくるくらいの幸運であると思う。思えば自分が業界に潜り込んだ頃はここまで若い人、例えば現役高校生の声優なんてのは数える程しかいなかったんじゃないか。この業界以外にも言えることかもしれないが特に女子タレントの若年齢化のスピードは進む一方で、事によっては中学生がスタジオに来る場合もある。

そして当然であり残酷な事実だがこちらは一年経過するとその分一つ歳をとるのだ。年をおうごとにその差は広がる一方であり下手したらゲストと三十近く歳が離れていることも稀にあるのだ。

自分が十代だった時のことを思い出してみる。あの頃見ていた四十代なんてまあ大層大人に感じたものだ。バーボンとジャズ、骨董、愛人、下手したら下駄と着流しである。これは四十以上六十手前くらいまでのジェネレーションを「ほぼ老人手前」という雑なフォルダ名で心のデスクトップに保存していたためと思われるがそれにしてもイメージに偏りがありますね。

しかし三十という年齢の開きはそれくらい誤解が生じるというか、まずそれ以前に理解が及ばないのである。今自分が七十代の先輩たちと会ったらビビるもんね。勝手に。相手の事が分からないという事に。そして分からないということがバレてるんじゃないかということに。

なので若いゲストの皆さんには出来るだけビビられないよう、せめて物腰柔らかく接するように心がけている。しかしなんていうか生放送中トークの勢いは失わず出来るだけシャープに、と同時に丸みも出そうとするとどうなるか。なんだかだんだんと女性的というかクネクネしてきちゃうのだ。どうしてもカーブが過剰になってしまって。

今ここには文章で書いているので「だ」「である」を使用してはいるが、これがラジオ本番中だったら「なのよ」「だわね」といった女性的な語尾がかなり頻出しているだろう。

女っぽいですねえなんて言われる度にイヤそう言うわけじゃないんだけどと答えていた。けれど何度もそう言われているうちに「どうせ女っぽいと言われるんだったらちょっとでも可愛いと言われたい」というわけのわからない向上心に火がつき、指先をもっとエレガントに！　なんて研究まで加えだしたり。気持ち悪いですか？　しかし困ったことに最近放送以外でもこういう語尾がちょくちょく出てきてしまうんである。あとイベント中男性声優同士の会話とかやり取りを見て可愛いなと思ったり。いや、ちょっとですよほんのちょっと。でも彼らを好きな女性の皆さんの気持ちがだんだんリアルに分かり始めているのは確かだ。まさに文体は文意を凌駕するというかスタイルが内容を上回ると言うかカタチをそれっぽくしているうちに中身も影響されだした感じがあるのだ。ヤバいですねこれは。

まあとは言え自分の中に男子と女子が住んでいるのは考えてみれば当たり前の事なのかも知れない。映画で、漫画で、小説で、性差に関わらず色んなキャラクターにちゃんと感情移入をしてきた結果とも言える。そして自分が男だろうと女だろうと、可愛い女子は可愛いと思うし。ならば男子も然り、である。

これは少し余談になるかもしれないが、昔っから女子が女子の事を「可愛い」とか「好き」とかいうのがなんだかむず痒い気がしていた。異性の目を気にしてのコメントなんじゃないの？　と。しかしこれも年を経て分かったことだが男も女もふわふわして柔らかくていい匂いがするものが好きなのだ。そこに嫉妬とか敵愾心とか性欲とかそういうドラマが存在しなければ、性別は関係無い。同様に男も女もキラキラして元気で生命力に溢れたものに心魅かれてしまう。これは本能に近いものだと思う。もちろん生きている限りドラマのない人間関係なんて無いのだが、誤解を恐れず言うならば犬や猫を愛でるようにならどちらも愛する事が可能である。時間はかかったがそこに気がつく事ができたおかげで男女どちらとも楽しくコケットな番組・イベント作りが出来るようになった。

変わっても変わらなくてもどっちでも良い

その他大きな変化も小さな変化も数々あるだろうが、一番の変化は「変わることを恐れなくなった」ことであろうか。

「変わったね」に対して「変わらないね」というのは比較的褒め言葉というか「だから安心する」的な意味合いで使われることが多い気がする。もちろん逆の場合も往々にしてあるのだが、少なくとも変わってないということは劣化はしてないんだと好意的解釈をしやすい。思えば変わらないというのは一番簡単に自分の優越感を満足させる方法で、とにかく何が何でも変わらなければ良いのである。「変わらない＝信念を貫いている」からだと自己暗示がかかればなお良し。時代が変化したって俺には関係無いぜ、そもそも変わる必要なんてないじゃないか、ウィスキーに進化を求めるなんて馬鹿げてるぜ、そいつはただただピュアであれば良いのさ、みたいなことを呟いていれば変わっていく全てに対して嘲笑的なスタンスをとることが出来るのだ。もともと信念なんかこれっぽっちも持ってなくても大丈夫。長い年月が経過するとまるでポリシーあって止まり続けてる人に見えるからね。若人よ、レッツ・チャレンジ！

思春期なんていうのは誰もが等しく非力で幼稚なわけでだからこそみんな変わろうと努力するのであるが、ん〜なんでしょう、自分の未来に明るいビジョンが見えなかったんでしょうね。こんなにだらしなくて不器用な自分がより良い変化を遂げれるのか？と怯え、ガードし、閉じこもり、理論武装を経て、前述の「ガウォーク宣言」に繋がるわけである。何もしないという怠慢行政的方法で辛うじて守ってきたプライドは、脆くデリケートで少しでも何かが変化すると壊れてしまうんじゃないかとより頑なに変化を拒むようになっていった。

とまあいくらか自虐的に書いてはみたが、とは言えやはり色々と無理に変わる必要は無いよなあと今も思っている。年を取ってからの一番大きな発見は「自分が思う程、人はたいして自分に興味なんか持ってない」ということで、当たり前と言えば実に当たり前の真理なのだがここに至ることで随分楽になった。「変わらない」から「変わっても変わらなくてもどっちでも良い」になったのだ。変わろうが変わるまいが誰も気にしてない。どっちの道を行こうが自分のプライドは大して傷つかない。どっちでも良いなら面倒臭いから変わらない。結果は同じだけどプロセスが違うんですね。でもこれは随分大きな変化でもある。面倒臭くないなら変化を厭わない、という変化をしたということだ。足許に書いた円の中から出ないようにと必死に踏ん張ってきたが、雨が降ったら移動しても良いし焼き芋屋が来たら追いかけても良いんじゃないか。風で円が消されたらまた書けば良いのだし。つまりより一層いい加減な性格になってきたのである。

こうして文章を書く、自分の内面をさらけ出すという仕事も昔なら断っていたように思う。本が好きであるからこそより一層文章というものに勝手なハードルを設けていたのだ。実際マネージャーからもどうせやらないだろうから断っておきますよくらいのスタンスで報告された。しかし何だかどっちでも良いように思えたのだ。どっちでも良いけど面白そうかも、と。別に上手くやる必要なんてないのだし、達成したい目標なんて最初から持ち合わせていないのだから、成すも成さぬもないではないか。ちょっとだけ試してみたら？　と。

その時その時で面白そうなものに手を出しては飽きたらやめる。こうやって改めて書いてみると結局ガウォークの頃とちっとも変わってないようだ。変わったとしたらたった一つ。未来の自分に荷物を預けなくなったことくらいだ。

そんなわけで　〝Dear　未来〟

変なもん持たせてすいませんでした。座って楽にしてて下さい。

この本は、カドカワ・ミニッツブック（電子書籍）で２０１４年９月から
２０１５年８月に配信された連載「成すも成さぬもないのだが」に加筆修正し、
書き下ろしを加えてまとめたものです。

著者紹介

鷲崎　健（わしざき たけし）
10月26日生まれ、兵庫県神戸市出身。
ラジオパーソナリティ、MC。

2004年より始まった、自身がパーソナリティをつとめたラジオ番組「A&G超RADIO　SHOW～アニスパ！～」（2015年終了）をはじめ、テレビ、ラジオ、インターネットなど媒体を問わず数多くの番組で活躍の幅を広げている。その姿は、アニメ・声優業界のイベントMCなどで馴染みとなっている。

ラジオパーソナリティ、司会業をこなす傍ら、シンガーソングライターとしての活動も積極的に行っている。

現在、4thアルバム『What a Pastaful World』が好評発売中。

現在の趣味は、鮫と散歩とブルース。

成すも成さぬもないのだが
これまでもこれからも

2015年　11月10日　初版発行
2015年　11月26日　第2版発行

著者　　鷲崎健

発行人　安本洋一
発行所　株式会社ブックウォーカー
〒102-0071 東京都千代田区富士見1-6-1
電話　03-5216-8310（編集）

発売所　株式会社 KADOKAWA
〒102-8177 東京都千代田区富士見2-13-3
電話　0570-002-301（カスタマーサポート・ナビダイヤル）
　　　受付時間 9:00～17:00（土日　祝日　年末年始を除く）
http://www.kadokawa.co.jp/

カバー・本文イラスト　稲葉朋子
装丁　冨永浩一（ROBOT）
印刷・製本　凸版印刷株式会社

JASRAC　出　1511477-502